選んだ理由。

石井ゆかり

はじめに

本書は、Ｗｅｂマガジン「みんなのミシマガジン」において、二〇一四年二月から二〇一五年四月にかけて連載された「石井ゆかりの闇鍋インタビュー」をまとめたものである。

「闇鍋インタビュー」は、インタビュアー（聞き手）である私が、インタビュイー（取材相手）のことを知らされないまま、インタビューの席で初めて「ご対面」する、という企画だった。

ミシマ社の三島さんと、当時新人の新居さんにインタビュイーを選定していただき、相手の名前はおろか一切の予備情報を知らされないまま、だしぬけにカフェなどで「出会う」のだ。

全十三回、すべてを収めることはできなかったので、あえて出版関係者以外の方へのインタビューを中心に収録した。

一般に、インタビューをおこなうときは、聞き手が相手のことをあらかじめ勉強しておくのが基本であり、マナーでもある。

しかし、「闇鍋インタビュー」では、下調べができない。完全に未知の人物の前に座り、丸腰で話を聞くのである。かなり失礼なハナシなのだが、皆さん快く応じてくださった。

なんでこんな企画を考えたかというと、私という人間が「人に会うのが怖い」タイプだからである。若い頃はムリヤリ学校に行かされたり、身過ぎ世過ぎの是非もなく就職したりで、なにかしら他人と接する機会があったのだが、主に星占いのライターとして食べていくようになったら、ほとんど人と会わなくなってしまった。

人に会えば緊張するし、あとで「あんなこと言うんじゃなかった」など後悔しまくる。ゆえに会わずにすむのは安心安全、至極《しごく》居心地がよくなる。

しかし、その一方で、人と会わないと、どうも、文章がダレてくる。刺激がなく、書きたいことも浮かばなくなってくるのだ。

イヤでも何でも、会ったほうがいい。会う必要がある。

そんな、まるで病院で注射を打たねばならぬというような、辛いニーズを感じていたとき、ミシマ社さんから「何か書きませんか」というオファーをいただいた。

原稿料をロハにするかわり、インタビュイーを選んでもらうこと、下調べなしでインタビューさせてもらうこと、場所の選定とお茶代をお願いしたいこと、など、あれこれワガママを言ってみると、すべて快く呑んでいただけた。

はたしてどんな「インタビュー」になるのか、まったく想像がつかなかったが、蓋《ふた》を開けてみると、仕事の話や、どうして今の仕事にたどり着いたか、という話が多かった。

Ｗｅｂマガジンでの記事にするときは、聞き取ったお話と、自分が自由に連想したこととを混ぜ合わせて、記憶を書き起こすように綴《つづ》っていったが、あらためてこうして書籍にまとめようとしてみると、あることに気がついた。

どういう仕事に就くか、誰と一緒に生きるか、どこに生きるか、どう生きるか。

誰もが、人生で幾度も選択を重ねていく。

このインタビューシリーズを通して、「どれを選んだか」もさることながら、「なぜそれを選んだか」「どういう経緯でそれを選ぶことになったのか」が、人によってまったく違うことに気づかされたのだ。

さらにいえば、「なぜ選んだか」という基準が、その先で「どうなっていったか」ということと、大きく韻《いん》を踏んでいる、とも思えた。

私の商売は「占い」である。占いを求める人は、多かれ少なかれ、人生の分岐点に立っている。学校の教科書や問題集なら、解《わか》らなければ後ろのほうに答えがついているから、それを見ればよい。しかし、人生での難問には、答えがない。占いは、その難問の答えをカンニングさせてくれるもの、と認識されている向きもある。

だが、私が思うに、人生の分岐点で道に迷って占いで答えを知ろうとした人たちが皆、占いの答えどおりに選択するか、というと、けっしてそうではないのだ。

結局は、その人の中にある「選び方」「選ぶ理由」に沿って、選んでいる。

でも、自分の中にごくユニークな「選び方」「選ぶ理由」が存在するとは、多くの人が、気づいていないだろうと思うのだ。

もし、本書を読んだ後に、読者がご自身の中にある、個性的な「選び方」「選ぶ理由」の存在に気づかれるようなことがあるとすれば、著者としてこれ以上の喜びはない。

選んだ理由。目次

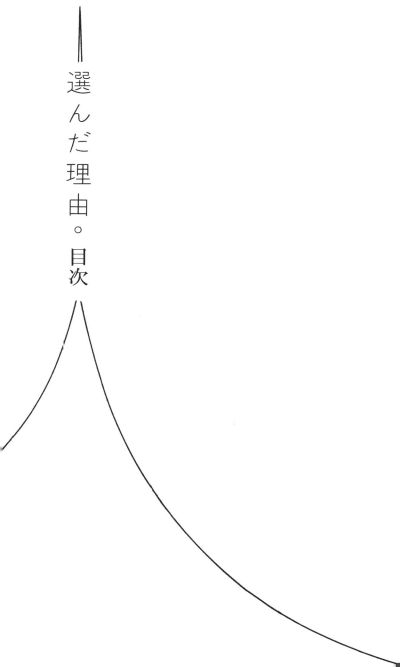

選んだ理由。

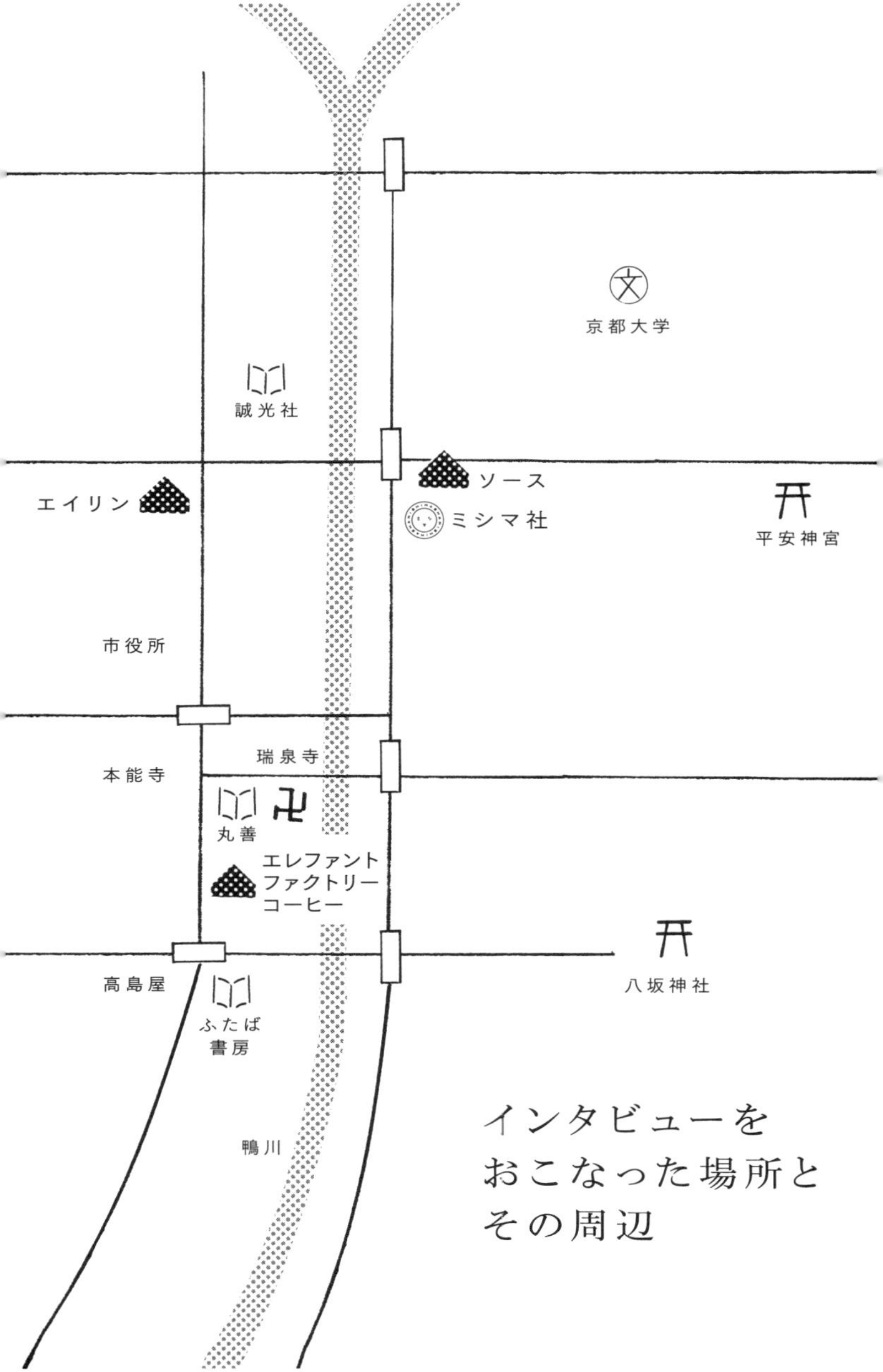

インタビューを
おこなった場所と
その周辺

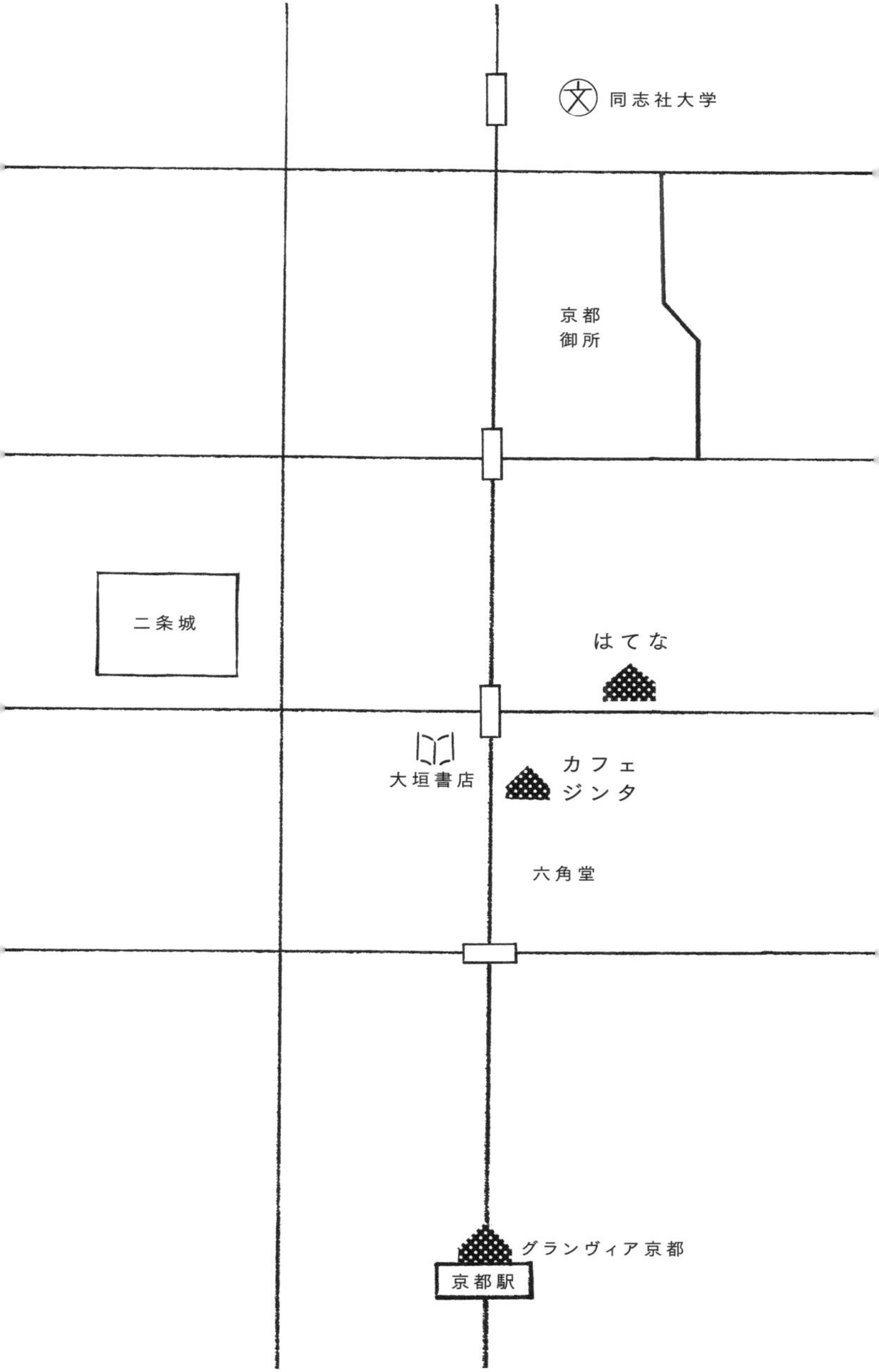
同志社大学
京都
御所
二条城
はてな
大垣書店
カフェ
ジンタ
六角堂
グランヴィア京都
京都駅

年齢や所属は、
インタビュー当時のものです。

1 「新鮮」さがそこにあるから。

──畑さん@河原町・エレファントファクトリーコーヒー

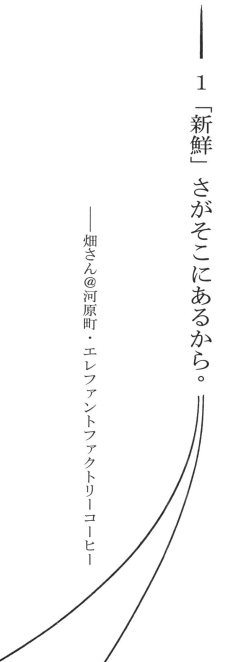

「独立して、お店を経営してみたい」

「カフェを開いてみたい」

という夢を持っている人はたくさんいる。

その夢が生まれた経緯も、叶っていく道筋も、千差万別だろう。


京都の河原町通というメインストリートから一本東に入った、目立たない場所にある「エレファントファクトリーコーヒー」は、多くのメディアにも紹介されている有名カフェだ。

このお店を起《た》ち上げた畑《はた》さんが、お話の中で何度か口にしたのは、「新鮮」という言葉だった。


男が一人で行って、かっこいい場所。

「新鮮」さがそこにあるから。

エレファントファクトリーコーヒーを畑さんが起ち上げたのは、二〇〇七年の九月だった。それまでは東京・自由が丘の雑貨屋さんで、七年ほど働いていた。

畑さんにはもともと「店をやりたい」という気持ちがあり、最初に「いちばん新鮮だ」と思えたのが、雑貨屋だったので、その道に進んだという。

しかし、そこで働いているうちに、徐々に気持ちが変化していった。

「こういう時代だということもあると思うんですが、自分自身、だんだん物欲もうすくなってくるのに、それでも、お客さんに物を買ってもらおうとする仕事がだんだん辛くなってきたんです」

「物を販売する」こと以外で、自分がいちばん好きなことは何か？　と自問したとき、コーヒーだ、と思い当たった。

「料理は僕には難しいですし、いい加減なものは出したくないですしね。その点、コーヒーなら、自分も好きで飲んでいるし、いいものが出せる、と思いました」

そこからさらに、畑さんは考えた。

「おいしいだけでいいんかな？」

コーヒーがおいしい店。でも、それだけではない気がする。自分はコーヒーの「おいしさ」だけが好きなのだろうか？ 考えてゆくうち、畑さんはあることにいきついた。

「自分でコーヒーを飲みに行くときって、コーヒー自体がおいしいというのもそうなんですけど、コーヒーを飲んでいる、その景色全体が好きなんですね。
コーヒーを飲んでる『人』が好きなんです」

「だいたい、男が一人で行ってかっこいいところって、
喫茶店くらいしかないと僕は思うんです。
バー、だと、あまりにかっこつけててカッコワルイというか。
喫茶店は、なんてことのないおじいちゃんが、
コーヒー飲みに来てるだけで、かっこいいんです。
男が一人で行ってかっこいい場所って、喫茶店だけなんですよ」

畑さんの言う「かっこいい」とは、どんなイメージなのだろう。

「雑貨屋にいるときは、ずーっと、『かわいい』ものを扱っていたわけです。
女性が『かわいい！』と言うものが『いい』という、

そういう価値観の中にいて、仕事をしていたんです。社会的にも、今は男性まで『これかわいいなあ』と言うようになって、それがどうにも、いややったんです」

たしかに、雑貨屋さんには「かわいいもの」がならんでいる。「かわいい」は、ほめ言葉の代表選手だ。

しかし。

「かっこいい」と「かわいい」。この二つはどう違うんだろう。その「違い」を聞くと、うーん、と考えながら、畑さんはこう答えた。

「かっこいいというのは、男性的というか、大人な感じですかね。たとえば、店に、すごくおしゃれな服着た男の子が来ても、それにみとれる、ということはないですけど、なんということもないおじいちゃんとかが来て、

「新鮮」さがそこにあるから。

こう、煙草吸ってる姿を見ると、かっこいいと思うんです。そういう姿を見ると、店やっててよかったなと思うんです」

人にサービスを提供する仕事をする人は、たいていは「お客さんに喜んでいただけると、うれしい」と感じるのではないだろうか。

しかし畑さんは、お客さんの「かっこよさにみとれる」という。

「かっこいい人を見つけることが、よろこび」であるという。

これは、どういうことなんだろう。

相手を喜ばせたい、というのは相手の「中」にまで、入っていくことだ。

でも、相手の「かっこよさ」にみとれて、それを喜びと感じる、ということは、相手に対して、まったくコミットしていない。

心情を触れあわせたいというような期待が、一切ないのだ。

心情的コミットへの期待がないのに、あくまでそこに両者が出会わなければ生まれない「よろこび」が生まれている。

これはいったい、どういうことだろう?

「『かっこいい』の裏側には『憧れ』があるんじゃないですかね。

『かわいい』には、『憧れ』はないでしょう?」

畑さんはそうも言った。

たしかに「かわいい」には、遠いものを見上げるような「憧れ」は含まれていない感じがする。「かわいい」よりも「かっこいい」のほうが、遠くにある。手を伸ばしても届きそうもないところに、それがある。だから、憧れる。

「かわいい」は、自分の手元にある。「かっこいい」は、距離を置いた、少し先にある。コミットできないのだ。

「新鮮」さがそこにあるから。

路地の奥に誘いこむもの。

インタビューのあいだも、お店にお客さんが途切れることはない。

ミシマ社の新居さんが一度、土曜日に来たときは、いっぱいで入れなかったらしい。

エレファントファクトリーコーヒーは、ごく奥まった場所にある。

細い細い路地を、ある意味「思い切って」入ってこなければ見つけられない。

こんな場所に、どうやってこれだけたくさんのお客さんが切れ目なくやってくるようになったのだろう。なにか特別な宣伝でもしたのだろうか。

「お客さんは、地元の人が多いんですか？」

と聞くと、

「いやあ、わかりませんねえ……」

と返ってきた。
たしかに、お客さんみんなと話すわけではないから、それはわからないだろう。

「でも、最初の頃はしゃべってましたね。
最初の三カ月は、本当にひどかったんです、
一日三人とか、いちばん最低の日はお客さん二人でした。
土日で、『今日はいっぱい来てくれてよかった！』みたいな日で
十五人とかでしたからね。
こんなひっこんだところやし、
『なんでゼロにならないんだろう？』くらいのものやったですね」

「店を始めるときは、雑誌の取材なんかはもう、絶対受けんとこう、
きてもことわろう、そんなカッコワルイことしたらあかん、
とか思ってたんですけど、三カ月くらいしたら、

もうそんなかっこつけたらあかん、
取材したいって言ってくれはったらもう、喜んで受けますよ！
いう感じになりました（笑）。
自分のブログで紹介してくれた、恩人みたいな方もいます、
何度も熱心に通ってくれはって、広めてくれた方がいたんです」

ファンができた、ということだ。
お店の魅力もさることながら、畑さん自身の魅力に惹きつけられた部分も大きいのではないか。

「はじめの三カ月は、とにかく、ヒマすぎて、さびしいんです、
この奥まったところの二階で、一日ひとりでいると、
もうね、だんだん、おかしくなってくるんですよ（笑）。
だから人が来ると本当にうれしくて、話してました。
最初の頃に二、三回来てくれた人は、今でも顔見たらわかると思います。

それだけ、必死やったから」

「お客さんの顔を、じっと見てました？」

「めっちゃ見てましたね、もう、仲良くなりたかったんです、そのくらいさびしかった（笑）」

畑さんは、たぶん、いつもベタベタ人といないとさびしい、というようなタイプではない。むしろ、仲間はいても、一人でいる時間を何より大事にするような人であろうと思う。そういう人に、素直に「さびしかった」と言わせてしまうような状況だったのだ。

今や「京都の名店」と呼ばれるほどのお店にも、最初はそういう時間があったのだ。今では、東京・三軒茶屋《さんげんぢゃや》に姉妹店「ムーンファクトリーコーヒー」も展開している。

この、東京のお店のことについて畑さんはこんなことを言った。

「新鮮」さがそこにあるから。

「元の仕事の後輩の女の子がいて、その子は、
人と接していると輝いている子なんです。
でも、そのとき、人と接しない仕事をしていたんですね。
それがすごくもったいないと思っていました。
そしたら、その仕事を辞めると言うんで、
じゃあ、店をやってもらおうということになりました」

畑さんは、「人を見る」人なのだ。
どんなふうに人がかっこいいか、どんなふうに人が輝いているか。
これは「見た目を見ている」のとは、かけ離れている。
人の姿、人の輝き。

畑さんが見ているのは、正面から向きあった「相手」ではない。
畑さんは外側から、そこにいる人を、風景のように、絵画のように見ているのだろう。でも、

それは風景や絵のような「モノ」ではなく明らかに、生きている人間だ。畑さんの眼はそれを捉えている。

モノとしてではなく、相対してでもなく、「人」を見る。

そして、そのことに喜びを感じる。

そういう体験、そういう景色があるのか。

私は衝撃を受けた。自分はそういう景色を見たことがあるだろうか、と、自問した。

「新鮮」であること。

過去の話を伺ったので今度は、未来の話を聞いてみたくなった。

そこで、「この先叶えたいこととか、夢みたいなものはありますか?」と聞いてみた。

畑さんは、ちょっと深く息を吸って、こう言った。

「それはね、ただただ店を続けていく、ということなんです。これは大変なことなんです。この大変さを、皆さんどうしてはるんやろ、と思うんです」

「経済的にというだけじゃなくて、精神的に、大変なんです。喫茶店というのは、ひたすら同じことをくり返すんです。くり返しくり返し、同じコーヒーを淹《い》れて出す、それが延々続いていくんです。

出版の世界は、いろいろ違うことが出てくるでしょう、でも僕はひたすらここにきて、淹れ続けるしかない。正直、飽きるんです（笑）」

「最初の三、四年は、それに気がついてなかったんです。

最初は、ひたすらおもしろかった。
知り合いが増えて、いろんな光景を見て、
新しいことをやったりもして、おもしろかったんですが、
去年あたりから、けっこうきつくなった時期があります。
半年に一回、一週間から十日ほど休んで、一人旅に出るんですが、
そこでようやくそのきつさがチャラになる感じです。
それをしないと、続けられないです」

「三、四年目までは、店っていつも新しくないといかんと思ってたんです。
いつも新鮮なものを提供していればいいと思って、
マッチを作ってみたり、古本を置いてみたり、雑誌置いてみて、
やっぱり雑誌はあかんなとか、メニューをいろいろ変えてみたり、
常に新しいことを考えていました。
東京に新しい店を出したのも、そういうことだったと思います」

「でも、今はそうではなくて、むしろ、
自分自身がいつも新鮮でここにいることが大事だろうと思うようになりました。
新しいことより、根を張って、続けることが、
今いちばん思っていることですね」

自分自身が、いつも新鮮で、ここにいること。
たとえば、誰もが知っているような「名作」の中で、自分だけが見つけたのだと言いたいような新鮮さに打たれる、ということがある。
畑さんのこの一言に、その感触を思い出した。

「商売は『飽きない』から『商い』、みたいな言い方あるでしょう、
あれ、しょうもないダジャレやけど、
本当だなと思います。飽きるんですよ。

『すごい店』ってあるんです、
いつも開いてて、何年もずっとやってはる店がある。
そこはどうやって続けてはるんやろと思います。二十年も三十年も。
そういうお店の方は、何回かそれを乗り越えてはるんでしょうね。
でも本当に、どうしたら乗り越えられるのか、わからないんです。
どうしてるんでしょうね？」

たしかにこれは、ものすごく大変な問題なのだ。

実は、私も同じ気持ちになったことがある。

星占いを、もう十年以上も書いているけれど、最初の頃はまったく感じなかった倦怠《けんたい》を、今はときどき、感じるようになったのだ。

以前『星占いのしくみ』（平凡社）という本を、鏡リュウジさんとの共著で出した。その巻末に対談を載せたのだが、そこで鏡さんが「ときどき、ホロスコープが、何の意味もないただの記号に見えてくることがないですか」と言った。私が「いえ、ないです」と応えると、鏡さんは、いつか、そうなるかもよ、というふうに笑った。

これがそうか、と、一昨年あたりから思うようになった。

いつもそう、というわけではない。でも、ときどき、それが来る。

私は、自分が疲れているのだと思っていた。畑さんと同じく、旅に出ると、たいていは治る。

でも、疲れではなく、「飽き」なのだとすれば、これは問題だ。

疲れなら休めば治る。でも、「飽き」は、休んでも治らないだろう。

みんなは、どうしているのだろう。


「多分、お店なら、人に任せるんじゃないでしょうか」と私は応えた。

「ああ、人に任せるんですね、そうか。
でも、僕はそれはダメなんです、
コーヒー屋は、マスターが店に立っていないとダメなんです。
僕が好きな店は、そういう店なんです。

みんな、ちゃんと立ってはりますわ」

畑さんはここで、大きな、あきらめのような納得のようなため息をついた。「ため息」は、悪いもののように言われることが多いが、畑さんのこのため息は、明るくて、自分で自分を引き受けるようなため息で、ちっともいやな感じがなかった。

「しゃあないですね、自分が好きな店はそういう店ですもんね。最近はあまりコーヒー飲みに行くこともなくなりましたが、最初の三年くらいは、コーヒー屋ばっかり回っていました。それだけのために旅に出たりとか」

その中で、記憶に残るお店はありますか、と聞いてみた。

「僕の中で、三つのお店があるんです、ベストスリーというか。

尾道にある蛮珈夢《バンカム》さん。
先月閉まってしまったんですが、青山の大坊《だいぼう》珈琲店さん、
福岡の美美《びみ》さんです。
みんな、三十年以上、マスターが現役で立っておられる店です。
マスターがかっこいいんです」

家に帰ってから、三つのお店を調べたら、大坊珈琲店は私も何度も行ったお店だった。非常に古い建物で、お店も年季が入っていた。
年季の入ったお店は、入りづらいことが多い。長い間にできたお店の習慣、小さなルールがたくさんあって、新参者を遠ざける感じがする。
でも、大坊珈琲店には、すっと入ることができた。お店の名前さえ覚えないまま、何度も入り、時間を過ごした。

畑さんの話の中で、何度も使われる「新鮮」という表現が、とても印象的だった。

ビジネスの世界では、たしかに、時代の中で古びて錆《さ》びているようなものでは、勝負できないだろう。世の中で多くの人に「新しくて、素敵だ」と思われているものを選ばなければ、成功できない。

でも、畑さんの使う「新鮮」は、そういう意味ではないような気がした。

「最近、心をふるわせられるようなものって少なくないですか。
旅に出ると、新鮮なものを見て、それでワクワクできますよね。
どういうことが新鮮なのかなあ。
僕ね、六十歳くらいになったら、
このお店を、いろんなとこでできひんかなと思ってるんです、
『今年は仙台でやろう』とか思ったらそれで、
一年仙台でお店をやるわけです、
でも、そうなると、内装とかどうすんのやろなとか、焙煎《ばいせん》せなあかんなとか、
なにか特別なものにしないとお客さん来てくれへんなとか、

いろいろ考えるんですけどね（笑）。
でも、飽きたら『今年はこっち行こう』とか、
そういうふうにできたらなーって、考えるんです。
六十くらいになると、人と会うのもめんどくさいだろうと思うんです、
でも、移動すれば、自然に出会えるじゃないですか」

畑さんの「新鮮」は、「自分が飽きない」「自分自身がワクワクできる」ということが中心にあるのだ。

畑さんは、見ているのだ。そして、感じとる。

感じとったことをもとに、道を選ぶ。

自分自身の中に、確かな方位磁石がある。

新鮮さとは、変化に富んでいる、ということだ。

一方、畑さんの選んだ道は「毎日お店に立ち続けなければならない、マスター」である。畑さ

んの感じる「かっこよさ」は、そこにある。

お店に来るお客さんの「かっこよさ」も、同じだ。毎日の習慣の中に、日々の生活の中に、その人固有のスタイルができあがる。何気ない所作の中に、人生に根を張ったスタイルが輝いている。


そう考えていくと、「新鮮である」ということと「かっこいい」ということは、どうも、相反する要素を含んでいる。

あるいは、飽きてしまうこととの闘いの末に「かっこよさ」が生まれるのだろうか。もしそうなら、それは「あくびを必死でこらえる」みたいな闘いではない。

飽きてしまう自分を超えようとして見つかる新鮮さが、いつか、かっこよさにつながっていく、ということなのだろうか。


お店を出るとき、会計をする新居さんの後ろでふと、厨房の壁を見ると、コーヒーチケットがたくさん張られていた。よく見ると、窓の上にもそれがセロテープで貼られていた。

「新鮮」さがそこにあるから。


いつも来る店、根を張ること。

このチケット一枚一枚が、誰かの「習慣」なのだ。

「常連として遇されるお店があるということが、かっこいい」と誰かが言っていた。

私たちの毎日はおびただしい「習慣」でできている。

その「習慣」こそが、人の仕草をつくり、雰囲気をつくり、姿をつくっていく。

畑さんが「みとれてしまう」と言ったその人の姿は、きっとこういうチケットの連なりの、一枚一枚がいつもと少しずつ違う、新鮮な「いつもどおり」からできているのに、ちがいない。

畑啓人
一九七〇年生まれ。京都在住。坊主頭がトレードマークの、気のいいマスター。
ELEPHANT FACTORY COFFEE
京都府京都市中京区蛸薬師通木屋町西入ル備前島町三〇九の四HKビル二階
文中に出てくる姉妹店はMOON FACTORY COFFEE（東京都世田谷区三軒茶屋二の十五の三 寺尾ビル二階）

2「その人に会いたい」から。

——篠原さん＠烏丸御池・カフェジンタ

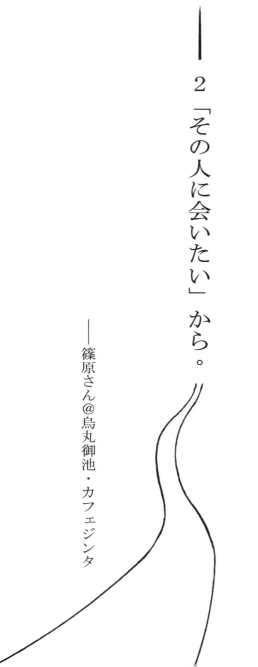

篠原《しのはら》さんは、合気道の先生をしている。

とはいえ、「ささの葉合気会」を起ち上げたのは、合気道を始めてたった二年半後のことだった。

過去、篠原さんのたどってきた道は、あまりまっすぐなものではなかった。しかし、その曲がり角で篠原さんはいつも、まっすぐに「誰か」に会いに行くのだ。

「転機」のありか。

篠原さんが道場を開くに至ったのは、それまでの仕事を辞めたのがきっかけだった。

一九八八年、コンピュータの勉強がしたくて一浪して京都大学に入学し、博士課程の途中で国立民族学博物館に就職が決まった。この職場は人文系の機関で、それまでやっていたコンピュータ関係の研究とはほとんど関係がなく、「未知の領域」だった。しかし、篠原さんは当時、博士

「その人に会いたい」から。

課程での研究に身が入っておらず、「とにかく、就職して環境を変えれば、気持ちも変わるかも」と思い、就職を選んだのだった。

しかし、就職してからは人間関係などのこともあって、精神的に落ち込みがちになった。通院して服薬しつつ、家でネットゲームをする、という、ほぼ「引きこもり」の状態に陥った。ちなみに、この時点で既に、奥さんとお子さんがあった。

客観的に見れば大変な状態だが、職場からはまず博士号を取るように促され、大学のほうでは「既に就職していて仕事もあるのだから」という配慮があって、周囲からの風当たりはおだやかだった。

篠原さんは当時について「甘やかされた、みたいな感じですね」と笑った。

私は「そのとき、どんな心持ちだったんですか」と聞いてみた。

多分、焦りとか、自分を責める気持ちとか、そういう膨大な感情が渦巻《うず》いていたのではないか、と勝手に想像したからだ。相当苦しかったはずだ、と思った。それを想像すると胸が痛いような気がした。篠原さんは自分の中で、そのときの気持ちをどんなふうに意味づけているのだろう、とも思った。その頃があるから今がある、というような意味づけが、きっと、あるはずだ。

しかし、篠原さんは、私の予想を完全に裏切って、こう言った。

「うーん、よく覚えていないですね」

研究も仕事もなかなか手につかないまま、低迷の日々を過ごしていた二〇〇六年、転機は静かに訪れた。

勤め先の研究センターが、まるっと京都大学へ移動することになったのだ。

篠原さんにとっては、また京都大学に「戻る」かたちとなった。

篠原さんはここで「出直し」ができるという気持ちになった。

しかし、そう簡単には長年の迷走から抜け出せず、最初の一、二年はむしろ「精神的に一番落ちていた」という。


そんな絶不調の頃、ある平日の昼間に、京都某所のメイド喫茶になんとなく、ふらっと入ってみた。すると、お店の「執事さん」と妙に話が弾んだ。

彼女は池田ゆか里さんといって、「シンガーソングベーシスト」として活動をしていた。

彼女の「ライブやるんです！」の言葉に「見に行きます！」と答え、篠原さんは生まれて初めて、ライブハウスへと出かけた。

別に、音楽に興味があったわけではない。

メイドさん（いや、執事さんか）に興味があったのである。


しかし。

篠原さんはここで「ライブハウスで音楽を聴く」ことに、ハマった。

とくに、ゆか里さんと対バンしていた「カンダウイさん」にハマった。

そして、このウイさんが参加しているという「表現者のためのワークショップ」の話を聞き、

「そこに行けば彼女に会える！」と踏んだ。

篠原さんは、ワークショップの主宰者に電話をかけ、あろうことか
「表現とかにはまったく興味ないんですが、参加してもよろしいでしょうか」

と問い合わせた（！）。

すると、電話に出た主宰者は
「人間は皆、表現者なので、問題ないです」

と答えた。

篠原さんはこうして、心斎橋のライブスペース「ごろっぴあ秘密基地」で行われる「表現者のためのワークショップ」に参加するようになった。

ワークショップには、ウイさんのように音楽をやっている人もいれば、何もしていない人もいた。篠原さんのように、どちらかといえば「参加者のライブを見ていたお客さん」みたいな人もいた。

そこでなにをするかは、当日集まったメンツを見て、主宰者のゴローさんとぴあぴさんが決める。二人は「ごろっぴあ」として自らライブ活動をおこなうとともに、ＣＭ音楽などを制作したり、ボイストレーナーやイベント制作をやったりする、音楽関係の仕事に携わるユニットである。

篠原さんはこのワークショップに、毎週通うようになった。

「ワークショップではどんなことをしたんですか？」

と聞いてみた。

「話したり、歌ったり、いろんなことをやるんですが、
ひとつ、印象に残っているのは、
私が『「力を抜く」という意味がわかんない』と言ったんです。
そうしたら、床に寝転がれと言われたので、言われたとおり、寝転がりました。
すると、師匠（ゴローさん）が私の腕をぱっと摑んで、
そのまま腕を持ち上げられて、そこで、ぱっと手を離されたんです。
力を抜いていれば、持ち上がった腕はぼとっと床に落ちます。
でも、私はそれができなかったんです。変な力が入っているんですね。
どうしてもこの『ぼとっと落ちる』ができない。
これは、その頃はそれだけ、病んでいたということだと思います。
今でも、そんなふうに力が入ってしまうことがありますが（笑）」

毎週やることとは違うが、ワークショップの冒頭では必ず、「その週に起こったこと」を全員が語らなければならない。
しかし、篠原さんは、最初はそれも満足にできなかった。言葉がうまく出てこなかった。

今、このインタビューで、楽しそうにどんどん話してくれる篠原さんを見ていると、そんな姿は想像もできない。

このワークショップに毎週通っているうち、篠原さんは、わずかずつだが、元気になっていった。「研究の仕事のほうも、真剣にやろう!」という意欲が湧いてきた。

そこで、仕事のほうも「やろうとしてみた」。

しかし、その前の十年ほどの時間が、既に失われていた。研究も仕事も、ほとんどまともにやってこなかった。今になってやろうとしてみても、もはや、やれるものではなかった。研究者として積み重ねておくべきものが、積み重なっていなかった。

たのしくてしかたがない。

ここで、篠原さんは悩んだ。

これから何をやっていくのか、どう自分を組み立てていこうか。

「そういうようなことを考えようとすると、
よくある話ですが、哲学書とかをまあ、読むわけです（苦笑）」

そのとき手にした『現代思想のパフォーマンス』（内田樹《たつる》、難波江《なばえ》和英著、光文社新書）に、篠原さんは「おっ」と思った。そこから、内田先生の著作をざーっと、全部読んだ。

内田樹さんは、思想家であり、合気道の師範でもある。

おびただしい著書の中には、合気道に関するものもあるが、篠原さんは、合気道関係は後回しにした。

なぜなら、運動全般がまったく苦手で、「どうせ読んでも、わからないだろう」と思ったからだ。

内田先生の思想関連の本を読みに読み、最後にもう読む物がなくなって、「仕方がない」という感じで、武道関係の著作に手を出した。

すると、予想外に「わりと、わかった」。

当時たまたま、内田先生が近くで稽古をしていることを知り、篠原さんは意を決して「見学させていただきたい」という熱いメールを送った。朝までかけて書いた渾身の、長文メールだった。ドキドキしながら返事を待っていると「いいですよ。どうぞいらしてください」程度の、ごくごくみじかい、簡単なメールが返ってきた。

拍子抜けしながらも、篠原さんは見学に行った。

正直、合気道自体には、あまり興味がなかった。

ただ「内田先生に会う（というか、見る）」ためだけに来た。

しかし、ただ見学しているだけなのに、篠原さんは、楽しくて仕方がなくなってしまった。

「何もわからないのに、ただそこにいるだけで楽しかったんです」

あまりの楽しさに、すぐ入門を申し込んだ。

二〇一〇年四月、篠原さんはこうして、合気道を始めた。

「真に受ける」タイミング。

歌の師匠に出会い、合気道に出会って、気持ちが変わってきた。

その中でやっと、仕事にもやる気が湧いてきて、仕事にちゃんと向き合おうとして、はじめて「もう、この仕事はできない」ことがわかった。

篠原さんは、仕事を辞めることにした。

内田先生にも、歌の師匠のゴローさんにも、仕事を辞めることを伝え、しかし、合気道は続けたい、ということを宣言した。


二〇一二年の春、センター長との面談があり、「これからどうするつもりか」と聞かれた。「辞める方向で考えています」と答えると「今すぐ辞めろ」と言われてびっくりした。あと一年、年度の終わりまではいるつもりだったのだ。

同席していた周囲も慌てて「いやいや、今すぐというのは乱暴です」と取りなしてくれて、結果、前期いっぱいまで在籍することになった。

退職となれば、宿舎も出なければならない。

「引っ越すなら、凱風館《がいふうかん》（内田先生の道場）の近くに、と決めてました」と、篠原さんは言った。


合気道の稽古のあと、いつものように、みんなで道場の雑巾がけをしていると、内田先生に声をかけられた。

「篠原さん、次の仕事決まった？」

「いえ、まだです」

これを聞いて、内田先生はこう言った。

「道場をはじめたらどうですか？」


このとき、篠原さんはまだ「一級」であった。しかし、秋で初段に昇段する見込みである。段位があれば、指導ができる。「そこからはじめればいい」と内田先生は言った。

篠原さんは、一日考えた。もといい、考える前に、答えは出ていた。

合気道をはじめてたった二年半だが、道場を開くことに決めた。

このことを歌の師匠のゴローさんに伝えると、とても喜んでくれた。

あとで聞いたところによると、内田先生は、誰にもけっこう平気で「道場はじめれば？」と言うのだった。本人曰く「時々いるんだよね、そういう、僕の言うこと真に受けて、人生変えちゃう人が」なのだった。

しかし篠原さんはそう言いながらも、うれしそうで、満足そうだった。

もとい、内田先生はけっしてイイカゲンに言ったのではない。「世界七十億人が合気道の達人になる」ことを目指し、さらに「教えることが何よりお稽古になる」。内田先生が門人に道場を持つことを勧めるのは、そういう信条からだ。

篠原さんは、道場をはじめた。

平日の午前中、市営体育館を借りた。

最初は四十代〜五十代の女性三人、七十代の男性が一人やってきて、ほかに、現役の競輪選手や元自衛官、ピラティスの先生など、身体を動かす仕事の人も参加するようになった。また、大学の先生や日本語学校の先生など、普段「先生」と呼ばれる人々も、篠原さんのお弟子さんに加わった。

お弟子さんに教えるだけでなく、篠原さん自身、引き続き内田先生の稽古に通った。

篠原さんにとって、稽古は、楽しくてしかたがない。

「楽しすぎて、笑ってるらしいんです。『わらいすぎ』と怒られるんです」

と、篠原さんは楽しそうに笑った。

合気道では、感情を見せてはいけないらしい。でも、顔が勝手にほころんでしまう。それほど、楽しい。

私には、そんなに楽しいことって、あるだろうか。そう思ったら、篠原さんが羨《うらや》ましくなった。

弟子に説教される「空気」。

合気道の稽古は、最初に先生が「形《かた》」をやってみせる。それを見て、弟子が練習する。二人一組で、教えられた「形」を何度もくり返す。

師匠によっては、教える「形」について、あまり説明しないことも多い。内田先生も、大きなテーマのようなことは説明しても、一つひとつの動作を事細かに解説することはしない。

しかし、篠原さんは「めっちゃしゃべります！」と言う。

「形を覚えるのはけっこう大変なんです、技の勘所から、手順の説明など、ここでは手はここにあってほしい、で、こうして手を下におろして、とか、私はとにかく、しゃべってます」

段級位の「審査」は、篠原さんにはまだできないので、弟子を内田先生に「審査」してもらうことになる。

「去年の八月、うちの弟子がはじめて内田先生に見てもらったとき、見違えるように動きがいいんです。
やっぱり、指導でここまで違うのか、と驚いて、反省して、
それから、しゃべるのを減らしてみたんです。
そしたら、弟子に『先生、なにかあったんですか』って心配されました（笑）」

「内田先生のお稽古のとき、みんなの動きがあまりにも良かったから、
教え方を変えようと思った、と説明したら、
みんなが『先生それは違います、先生に恥をかかせちゃいけないと思って、
みんながんばったんです！』って言うんです、
で、結局、元に戻りました（笑）」

一回の稽古に、多いときは十人ほど、少ないときで三人ほどになることもある。
ある日の稽古が終わって、みんなで正座しているとき、お弟子さんから「先生は会員増やす気あるんですか？」と説教された。
言われて気がついた。

「その人に会いたい」から。

篠原さんは、稽古をできるだけ、直接やりたいのだ。二人で組んで稽古する際、弟子一人一人と、自分が組んで回りたい。そう思うと、弟子を増やしたい、という気にならない。

そういう思いが自分のなかにあることに、卒然として気づかされたのだった。

そのお弟子さんはしかし

「先生、自分一人でやろうと思っているでしょ、でも、それじゃあ大きくなりませんよ」

「先生には経済的観念と、コミュニケーション力がない」

「コミュニケーション力というのは、たとえば、新しく入ってきた人をみんなに紹介して和ませるとか、そういう、場をつくることをしていない」

など、いろいろ意見してくれるのだった。

お弟子さんに説教を「させる」ような空気をつくる。

それは、よく考えると、すごく難しいことではないだろうか。

だが、そう「なってしまう」感じが、こうして話していても、よくわかるような気もした。

思っていることをぶつけても、この人は、打ち返したり避けたりしないし、それで倒れてしまうこともないだろう、という感じがするのだ。

それに加えて、たぶんお弟子さんたちは「この人を助けてあげなければ」と思っているのだろう。そう思わせるものが、篠原さんにあるのだろう。


「そういうの、うれしいんです、かまってほしいんですかね、先生やってると、皆かまってくれるんです、自分のことを『先生はこうですね』とか言われるとそれが説教みたいでも、うれしい。わたしのこと、こんなに見ててくれるんだ、って（笑）」


篠原さんは、いつも「人」に会いに行っている。そして、そこから、変わっていく。

「音楽には興味がないが、ゆか里さんに会いたい」

「自分が表現することには興味がないが、ウイさんに会いたい」

「合気道には興味がないが、内田先生に会いたい」

合気道というのは、二人一組でやる。

「人に会う」ことで、「動く」ための力を得てきた篠原さんが、人と一対一で、組になって関わる合気道に行き着いたのは、けっして、偶然ではないのだろう。

「へんなものをもらう」こと。

「人とただ会うだけでもそうですが、
お稽古で、相手の手を取るだけで、
相手がどんな状態かとか、どんな性格かとか、どんな人かが解る気がするんです。
相性が合わない人だとすごく辛いです、
今日はこの人と組むの、しんどいな、ということがあります」

「技をかける側と受ける側があって、これはいわば、かける側が送信、受ける側が受信、というような感じです。
技をかける側がきっかけを与え、流れをつくって、
受けるほうはその流れに乗って、感度を上げてついていくんです。
そういうとき、相手が緊張していたり、精神的に落ちていたりすると、
それがもろに伝わってきますし、
腕に気持ちが入っていないと『木の棒』をつかんでいるように感じられたりします。
相手が、肩に力が入った状態だと、こっちも肩に力が入ります。同じ所に力が入るんです。
あちこち力が入ってしまっている人とやると、あとで体中が痛くなったりする。
へんなものをもらう、という気がします。
あるとき、接骨院の先生に『へんなものをもらうことありませんか』と聞いてみたら
『もらわないようにしているから、もらわない』と言われました」

合気道は「気」ということを言う。

目に見えない「気」というものがあって、これを「合わせる」のだという。

この「気」という言葉に、篠原さんは当初、懐疑《かいぎ》的だった。今も基本的には、懐疑的なままだ。

篠原さんが道場をはじめるにあたって、内田先生の師匠、多田宏先生からお言葉をいただくことがあった。

「呼吸法をしっかりやりなさい、二十四時間がお稽古だからね」

と言われた。

呼吸法は、「気」に通じる。

しかし、当時の篠原さんはまだ、「気」などない、と考えていた。

その疑念を多田先生に見抜かれたのだと、篠原さんは思った。

「非科学的なことに対して抵抗があるんです、

『気』とか、意味がわからないと思っていた(笑)。

でも、今は『気の流れ』とか『気を集める』とか、『気が通っている』とか、

お稽古のとき、バンバン使うようになりました。

体感として『気が通っている』としか表現できない、

そういうものがあるとわかったからです。

『気』という言葉を使った説明が、身体に起こっていることにしっくりくるので、
そう言うようになっていきました」

一年前は「『気』とか、わからん」と言っていたのに、一年経って、今では「気」という表現をよく使うようになった。周囲からは「人が変わった」と言われることもある。

「今は、『気』の存在は、信じてないけど、『気』はあります」

と、篠原さんは言った。

存在は信じていないけど、それはある。

説明できないいし、証明もできない。でも、自分の中にそうしたものが見つかった。そういうことなのだろうか。

篠原さんが「もらう」と言った「へんなもの」も、「気」の一種なのだろうか。

人に会いに行って、変わる。

長い間の、引きこもりのような状態や、鬱屈《うっくつ》した状態を経て、今、合気道の世界で、人を教え、
自らもアクティブに学んでいる。

この大変化を、篠原さんはどう捉えているのだろうか。

私は、それを聞いてみた。

「ものすごく、変わられましたよね」

すると、ここでも篠原さんは、私の予想を裏切った。


「いやあ、自分では、昔からこんな感じだったと思うんですけどねえ」


私は、びっくりした。

しかし、篠原さんはちょっと考えて、

「自分ではそうでもないと思うんですが、周囲からは『変わった』と言われます。たしかに、昔はこんなにしゃべらなかった（笑）。

でも、昔のこととか、本当に覚えてないんです、こんなに今までのことを今、しゃべっているけど、昔のことは覚えてない」


歌の師匠であるゴローさんは、篠原さんについて「最初の頃とは別人だよね！」と言った。通い始めて二、三年目の頃だった。「仕事を辞めてから、変わった」と言われることも多い。

ここまでの話を伺っただけでも、その変化はさぞかし、大きかっただろうと想像できた。

隣で話を聞いていた三島さん（同じ道場の門人である）も、

「お稽古している篠原さんを見ていても、そんな過去があったなんてまったく想像できなかった、淡々とした、穏やかな人やなあと思ってました」

と、心底驚いた表情をしていた。

「全然淡々としてないです、振り幅が大きいです。上がったり下がったり」

と、篠原さんは笑った。

人に会いに行くこと。

人と会って、変わってしまうこと。

それは、篠原さんが飄々《ひょうひょう》と語るほど、簡単なことではない。

だれにだってプライドがあるし、反抗心があるだろう。

この人だ！　と思い、その人に会いに行き、その場にくりひろげられることをそのまま受けとって、自分がまるっと変わってしまうなんて、大変なことだ。

想像するだに、怖ろしいことだ。

篠原さんは、どうしてそんなことができたのだろう。


インタビューのときは、篠原さんがあまりにも淡々とこの話をされるので、私は、その現象のものすごさに気がつかなかった。

あとになって「人間、そんなことができるものだろうか？」と思った。

見知らぬ誰かに会いに行って、そのまま自分が変わってしまった経験など、私にはない。

そんなに大きく自分をひらくことなど、怖くて、できそうもない。

「客観」のまなざし。

篠原さんへのインタビューのあいだ中、私の中にはずっと、違和感があった。

その違和感の理由に、すぐに気がついた。気がついて、自分を恥じた。

篠原さんはずっと、言わば「道の見つからない」状態にあった。

今の穏やかな雰囲気からは想像もできないが、不安定な青春時代を歩み、妻子を抱えながら、仕事に意欲が湧かず、精神的に調子を崩し、社会的な結果を出せずに来た。

ハタから見ていたら心配でたまらないだろうプロセスに、私は、感情移入しようとした。

自分が篠原さんだったら、辛くて仕方がないだろう。自分がそばで見ている奥さんだったら、どんな気がしただろう。

しかし、篠原さんは「逃げていた」という表現を二度ほど使ったものの、ほとんど「イイ」とも「悪い」とも、「評価」を下さなかったのだ。

「それも必要な道だった」というような納得もなかった。「辛かった」という感情表現もさほど出てこなかった。「落ちていた」「元気がなかった」「やる気が起きなかった」などは、客観的に「そうだった」だけで、「それを自分でどう評価しているか」ということではない。解釈や意味づけはない。

篠原さんは「起こった出来事」については語ったけれども、「それがどういう意味を持っていたのか」「それはどう評価されるべきなのか」については、一切、語らなかったのだ。

私は「なにかあるはずだ」と思っていた。

自分を責めてしまったとか、焦りと不安で胸がつぶれそうだったとか、なにかそういった、色味のある心情がそこにあるはずだ、と考えた。

そういう、善悪や「望ましい・望ましくない」など、自分で自分をジャッジするような「なにか」を、私の力量が足りなくて、聞き出せずにいるのだと思っていた。

でも、そもそもなぜ「意味づけや評価があるはずだ」と私は思っているのだろう？

それに気がついて、ぞっとした。


罪悪感や自己否定、たどってきた道の正当化などは、私の心の中にだけ、あったのだ。

それは、私がつくった幻影だ。

篠原さんの言葉の中には、透明な客観だけがあった。

篠原さんの物語の中では、誰も、何も、責められていなかった。

ただ、悪戯《いたずら》をみつかった子どものように、篠原さんはにやっと笑ったりするだけだった。


裁いたり罰したり、ということを、私たちは自分に対しても、他人に対しても、ごく簡単にやってしまう。自分を裁く人ほど、他人を裁く、ということもあるように思う。それは、自分で自分を受け入れることが難しいからだ。

正しい人間や他人に対して役に立つ人間、社会的に力を持つ人間だけが受け入れられる。そうでなければ、受け入れられない。そんな目に見えない枠組みの中で生きている人は、自他を簡単に裁いたり罰したりする。

篠原さんは、話の中で、自分も他人も、一度も、裁かなかった。罰しなかった。

それは、ものすごく難しいことではなかろうか。

たとえ、本当は胸の中に罪悪感や懲罰《ちょうばつ》感情が渦巻いていたけれど、単に、言葉にしなかっただけ、だったとしても、果たして、これほど苦悩に満ちた道のりについて、言葉の上だけでも「隠す」ことができるだろうか。


なぜ篠原さんにそんなことができるのか、私には解らない。

でも、篠原さんが「裁かない」「懺悔《ざんげ》しない」ことによって、私は篠原さんの話を、遠慮することなく聞かせてもらえた。篠原さんがたどった、いつ明けるとも知れない夜のような道のりを、そのまま聞くことができた。


私はかつて『禅語』『親鸞』（パイインターナショナル）という、仏教に関係する本を書いた。

そのとき、人間がどんなにものごとを「裁く」ものか、そして、その根拠がどんなにどこにもないか、そのことを教えられた。

なのに、このインタビューを通して、私の中にありありと「自他を裁くことが当然だ」という前提があることを発見してしまった。発見して、自分を恥じた。

合気道は禅に通じるところがあるという。

篠原さんの透明な「客観」が、そこからきているのか、それとも、もともと彼が持っているものなのか、それはわからないけれど、その澄明《ちょうめい》がとても、まぶしく思われた。

おそらく、篠原さんのそうした澄明さと、「人に会って、変わる」という怖ろしい変化を突き抜けていく力とは、ひとつのものなのだろう。

篠原拓嗣

一九六九年生まれ。主宰する「ささの葉合気会」では、週五回、神戸・西宮・尼崎・加古川・芦屋で合気道の稽古をおこなっている。

3 「自由な自分にしておきたい」から。

――平村さん＠株式会社はてな・京都オフィス

日本語ができるネットユーザなら知らぬ者とてない（であろう）、Ｗｅｂサービス「はてな」。かくいう私も、「はてなダイアリー」（ネット上の日記サービス）を利用させていただいて早、十年目になる。

この、「株式会社はてな」で働く平村さんが、本章のインタビュイーである。

話し方の妙。

平村さんはおそらく、私と同年代くらいであろう。否、もう少しお若いかもしれない。

彼女のまわりには、春や秋口のさわやかな風のような雰囲気が漂っていた。

彼女はとても「きちんとしている」感じがする。話しているとなぜか、折り目正しい、すみずみまで意識が行き届いた感じが伝わってくる。

なぜだろう、と考えるとすぐに、彼女の話し方に特徴があることに気づいた。

平村さんは、言葉を最後までゆっくり、はっきり発音しているのだ。

一般に、丁寧語や敬語などの「前後につける部分」には、それ自体、大した意味がない。だから、短めに発音することになる。最低でも「なにかくっついている」ということだけがわかればよい。

たとえば、「そうっすね」という言い方は、「そうですね」の「で」が端折《はしょ》られた形だ。「で」がはっきり発音されず、「っ」になる。いわゆる「促音便《そくおんびん》」というやつである。連続する音に引っ張られて、なかば吸収されてしまうわけだ。「ありがとうございます」が「あざっす」になるのも、「お願いします」が「おなしゃす」になるのも、「ドア閉まります」が「ダァシエリイェス!!」になるのも、そういうことである。

そこまで極端でなくとも、私たちは日常的に、細部をかなりゆるく発音している。早めたり、端折ったり、ぼかしたりする。最悪「ダァシエリイェス!!」でも、けっこうわかるからである。今日では比較的丁寧に感じられる言い方にも、そういうものがある。たとえば「ございます」は、古い時代には「ござります」だった。「り」が「い」に端折られてしまったわけだ。

講釈が長くなったが、彼女の話し方には、そうした「濁し」や「端折り」が、とても少ないのである。語尾までクリアに、全部しっかり聞こえる。そのことで、きちんと掃除された和室や庭園のような、行き届いた安心感が生まれる。これは、ありそうで、なかなかない話し方だ。

名刺をいただくと、肩書きに「人事部」とあった。

「人事をやり始めたのは、『はてな』に入社してからです。

それまでは全然別のお仕事をしていましたが、

人と関わる、調整役のようなお仕事をすることが多かったです」

平村さんが「はてな」に入社したのは二〇〇八年、もう七年目になる。

それまでは大学の職員をしていて、「はてな」のことも、そこで知った。近藤社長がアメリカから帰国し、京都オフィスを起ち上げようとしているところに、応募した。

ある程度決まったルーティンを回していくような仕事ではなく、もっと別の仕事がしてみたい、というのが動機だった。

「書類を出したら、面接に来てください、となって、
いきなり、その後上司になった方と近藤の二人との面接でした。
私は、インターネットやネットサービスとは距離があった人間で、
その世界のことはちっとも解らなかったんですが、
『最近楽しかったことは？』と聞かれたので、
その頃読んでいた『フェルマーの最終定理』のことを
一時間くらいひたすらしゃべってました（笑）」

「インターネットの会社で、ものを創る人たちの会社なので、
他の人たちは専門性やスキルを問われて入ってきます。
自分にはその方面の専門性やスキルがないのがコンプレックスなんですが、
最近では、それを強みだと思えるようになりました」

「私はもともと、人に興味があるんです。
自分と似てるかとか、気が合うかとかいうことと関係なく、

その人自身のことを知りたい、という気持ちが強いのです。
スキルや専門性があると、分野それぞれの基準に意識が向くことが多いと思います。
でも、自分にはそれができないから、むしろ、
その人が会社にフィットしているかどうか、とか、
その人が何を大事にして生きているのか、とか、
湧き上がる情熱のようなものとか、そういうことを見るようになるんです。
相手に真正面からぶつかっていける、というか」

「それでも、専門性が高いというのは、カッコイイですよね。
自分ができることを可視化できるわけです。
自分は、自分ができることを可視化することができない。
それは、今もコンプレックスに思うところがあるのですが、
組織には、そういう人も必要だと思えるようになってきました」

かくいう私も、ＩＴ業界に数年間お世話になったが、プログラミングでもネットワークでも何

でも、とにかく、何らかのスキルがないと、そこにいるのは、ほんとに辛いのである。自分が単なるバカの役立たずだとしか思えないのである。

自分なりに必死に勉強したのだが、「向き不向き」は、厳然《げんぜん》とある。どんなにがんばっても、ずぶずぶの文系頭の私には、まったく「ムリ」な世界だった。「がんばれば何でもできる、というのは、あれは、真っ赤なウソだ」というのが、ＩＴ業界で学んだ最大の知恵の一つだ。

しかし、無論「そういう人ばっかり」では、会社組織というものは、成り立たない。

たぶん、組織というのは、全体で一人の人間みたいなものなのだ。

人間は、頭と手だけでできているわけではない。足も、表情も、心も、内臓も、いろんなものが必要になる。組織もそれと同じなのだ。

血管や神経系や経絡みたいなものは特に、見えないからないがしろにされるけれど、それが弱まると、組織全体がすぐに膝をついてしまう。

わからないことが、おもしろい。

人事のお仕事、というと、やはり採用がメインなのだろうか。

「採用のお仕事が前に出ますね、
あと、社長の秘書的なお仕事とか、
何か会社で新しいことを始めよう、となったとき、関係者に個別にヒアリングをして、
それをとりまとめて役員に上げたりとか、
年二回の人事考課のとき、黒子的なポジションで社内調整をしたりとか……」

なるほど。
しかし、そういうポジションだと、インタビューにつきものの「具体的な仕事のエピソード」は、なかなか出しにくいだろうな……と思った。
「それだと、こういう場では話せないこととか、多いでしょうね」

と私が言うと、平村さんは、「そうですね……」と少し笑ってから、ふと、ちいさく閃《ひらめ》いたような表情をした。

「そうですね、私は、わからないことが、好きなんです。
答えがないことが、おもしろいんです。
私は実は、小学生から中学二年生くらいまで、
星が大好きで、天文学者になりたかったんです。
きっかけは、小学四年生くらいで、
学校行事でキャンプみたいなことがあったんですが、
そこで、先生が夜、星の授業をしてくれて、
距離の『光年』の説明をしてくれたんです」

たとえば、あの星は地球から一〇〇光年、というのは、
「ここからあの星まで光の速さで移動したとして、一〇〇年かかる」
ということである。

光が到達して初めて、その星の光が見えるわけだから、私たちが一〇〇光年離れた星を見たとき、その光が見せてくれているのは、その星の一〇〇年前の姿、ということになる。
一〇〇年前はその場所にあったかもしれないが、「今」はもう、消え失せている可能性もあるわけだ。

「光の速さで移動して何年、ということだから、
今見えているあの星も、今は本当は、存在しないかもしれない、
ということを教えてもらって、おもしろい!! と思ったんですね。
そんなふうに、『わからないこと』があるんだ、ということを知って、
そういう、わかんないものを見つけたり探したりするお仕事がしたい！ と思いました。
でも、中学に入ったら、数学や理系の教科が全然ダメで、
先生にも『理系はダメだろう』と言われて、諦めましたが（笑）。
今も、物理学者の湯川秀樹先生の著書が愛読書です、
脳科学みたいな分野の本とかも好きでよく読みます。
目に見えないけれど『ある』もののことに興味があるんです」

ここまでは、失礼ながら、私とよく似てるなあと思った。
でも、ここから、彼女は衝撃的なことを言った。

「わからないものってそんなふうに、たくさんあって、
その一環として、人もそうだと思うんです。
わからないじゃないですか、
思っていることと言っていることが違ったり、
優しくしようとして辛く当たったり、とか、
表に見えていることって、氷山の一角だと思うんです」

「私が、人に興味や関心を持つことと、
星を見て『わかんない』ことに魅力を感じるのとは、
同じことだと思います。
わかりたいけど、たぶん全部知ることはできないんだろうな、

という不思議さが、同じなんです」

多くの人が「人は表面からはわからない」と言う。

その心の中に何があるのか、完全に理解することは絶対にできない、と言う。

でも、なぜ再三そのように「言う」のか。

それは、私たちがあまりにも表面的なもので決着をつけてしまいやすいからだ。

見知らぬ人に出会ったとき、私たちは不安になる。その人がどんな人かわからないのが、不安で、怖くて、たまらない。だから、早くその不安を解消したくなる。ゆえに、相手を早く「決めて」しまいたくなる。「わかって」しまいたくなる。

容姿、肩書き、学歴や経歴、話し方、住処や家族構成など、あらゆる「簡単に手に入る情報」を使って、相手の印象を一筆書きに頭の中に固定させて、「この人はこういう人だ」という型枠を全速力でつくる。そして、その型枠を「その人そのもの」だと思い込む。もし、相手がその型枠からわずかにでも外れたことをした場合、すぐ「びっくり」したり「ガッカリ」したりする。

たしかに、こうして何の事前情報もないまま、いきなり未知の相手に出会って話を聞く、とい

「自由な自分にしておきたい」から。


うことをしていると、人は、ほんとうにわからない。

その人の中に、一大宇宙のようなものがある、と思わざるを得ない。

でもそれは、このような「話してもらえる場」があって、「聞いてもいい権利」を一時的に許されているからだ。

もし、こうした場でなかったら、私は目の前の平村さんという人を、宇宙のように未知の奥行きある存在だ、と思えていただろうか。

たぶん、「几帳面でしっかりした人なんだろうなあ」くらいで、通り過ぎてしまっていたかもしれない。「この人の中に、見えない星があるかもしれない」とは、思わなかったかもしれない。

「人間は簡単にはわからない、宇宙のように未知のものだ」と、本気で感じることのできる人が、存在するのだ。私はそのことに驚いた。

この人がいみじくも「はてな」という社名の会社にいることが、妙に韻を踏んでいて、おもしろくも感じられた。

はてな。

つまり「わかんない」ということである。

好きになることと、いつかは離れてしまうこと。

「お互いに、相手を全部知ることはできないですよね、
でも、昔、言われてとてもうれしかった一言があるんです。
それは、友だちが
『やばい、こんなこと話すつもりなかったんだけど、
相手があなただからつい、話しちゃった！』
と言ったんです。
しゃべっても大丈夫そう、と思われているんだなと思って、とてもうれしかったんです」

人に「話をさせる」力を持っている人というのは、いる。

こうしてインタビューなどをしていると、その力が、切実に、欲しい。

たとえば、私は普段黒っぽい服を着ることが多いが、インタビューのときはできるだけ、白っぽい、明るい色のものを着るようにしている。モノの本に「黒い服は相手を警戒させ、白い服は

「自由な自分にしておきたい」から。

相手の警戒を解く傾向がある」とあったからだ。

このとき、平村さんは白いシャツを着ていた。彼女は白いシャツが大好きだという。

「白いシャツが本当に好きで、基本、ずっとこれを着ていたいくらいです。道を歩いていても、白いシャツをさりげなく着こなしている人を見ると、いいな!! って思います。

気に入ったシャツがあると、同じものを十枚くらい欲しくなります。シャツにかぎらず、スニーカーとかも、履きつぶしてもまた同じのを買って、ずっとそれを履くんです」

私もそういうところはあるので、解るような気がした。

でも、私の場合は、どこかでそのブームのようなものは、終わる。たぶん、それが「飽きる」ということなのだろうと思う。彼女は、突然飽きたりしないのだろうか。

「飽きないですね。

ずっと同じものを持ち続けたいんですね、馴染んでいく感じが、すごく好きなんです。化粧品とかも、学生時代からずっと同じのを使っています」

それは、新しいものに手を出すのが怖い、ということなのだろうか。

「怖い、とかではないですね。
一回安心感とか信頼感とかを感じると、
ひたすらそこにどっぷりつかっている、みたいな感じです」

だが、スニーカーや化粧品は、同じタイプのものが手に入らなくなることもある。廃番になってしまった場合、新しいものに行くしかない。
やっぱりそういう場合は、ダメージが大きいのだろうか。

「それが、そうでもないですね。

多少は、ガッカリしますけど、
ああ、そうか、じゃあ、新しいの探そう、みたいな感じで、
わりとすうっと受け入れます」

彼女はここで、少し考えた。

「仕事柄、人とお会いすることが多いわけですが、
一期一会《いちごいちえ》、というのか、人と会うのは、タイミングにものすごく左右されますよね。
どんな人とも、いつかは別れていくわけです。
私は最初から、そのことをいつも思っているところがあります。
お互い、どんなに理解し合いたいと思っても、完全にはわからないし、
わかってもらうこともできないし、
いつかは離れていくんだろうな、っていうのが、いつもあるんです。
もちろん、別れはすごくさみしいですし、若いときに失恋したりしたときは、
めちゃくちゃ悲しくて、もう死んでもいいかも、くらいに落ち込むんですけど、

どこかで、人は別れていくんだ、そういうものか、と、すんなり受け入れられるところがあります。別離はいろいろ、経験してきましたし、友だちと死別したりしたこともありますけど、どこか、別れはあるんだ、というふうに受け入れてしまいます」

「執着は悪だと思っているんです。『好き』を突き詰めるとか、研究に没頭する人とかは、いいな、応援したいな、と思うんですが、誰かと絶対離れたくない、みたいなしがみつく感じは、イヤだと思ってます。『好き』と『執着』は紙一重のところがあるような気がします」

ずっと同じものを使い続け、愛し続けること。
「いつか別れはある」と常に思いながら、人やものに接していること。
この二つのことは、一見、矛盾しているようにも思える。

「自由な自分にしておきたい」から。


でも、よく考えると、そうでもないような気もしてくる。

いつかは別れる、ということが受け入れられなければ、なにかを好きになることが、そもそも、怖いだろう。

たとえば、恋人を次々に変えていくドン・ファンのような人は、真剣な恋をして傷つくことを、心底恐れているのだ。

かけがえのないものを失ったら深く傷ついてしまう。ならば最初から「かけがえのないもの」などつくらなければ、傷つくこともない。なにも「ほんとうに」は好きにならなければ、辛い別れもない。

でももし、別れを受け入れられるだろう、という自信があれば、なにかを「本気で好きになること」も、そんなに怖くないかもしれない。

もちろん、彼女の言うように、辛さや悲しさは厳然とある。

でも、しがみついてしまうことの苦しみからは、自由でいられる。

彼女は「ヤドカリみたいですね」と笑った。

どこにでも行けるようにしておく。

「いつかは別れていく」ということを受け入れられるのは、親の育て方のためかもしれない、と平村さんは言った。

ご両親は関西の方だが、お仕事の関係で、中学までは東京で暮らし、その後の「青春時代」は関西で暮らした。

ティーンエイジの頃は親御さんの影響もあって洋楽にのめり込み、最初はビートルズやシカゴなどを聴いていたが、次第にデスメタルなどハードな方面にも向かうようになった。

「曲を聴いていて、これは何が言いたいんだろう？　と思って、歌詞が気になるわけです。
歌詞カードを手に入れて、辞書を見ながら訳すようになりました。
訳してみると、切なかったり、エロかったり（笑）、
デスメタルになると地獄とかヘブンとかそんな感じになって、おもしろいんです、

それをひたすら訳すんです。
何でこんなこと言ってるんだろう？　ってのめり込みました。
高校生のときに、マイケル・ジャクソンが東京に来たので、
学校をサボって、一人で夜行バスに乗って、東京ドームに行きました。
そういうことを、親が許してくれたんです。
自分がやりたいことは自分で決めなさい、という方針だったんですね」

高校卒業後は大学の英文科に進み、英語を使って仕事をしたいと思うようになった。あるメーカーの海外営業部に採用となり、アジアの取引先の窓口を受け持った。

「やっていることは、今と大して変わらないところもあるんです、
取引先のニーズを吸い上げて、それをとりまとめて、社内に上げたり、
関係各所と調整したりして、またフィードバックし、といったようなことですね。
今の人事のお仕事も、それに近いものなんです、
ある目的があって、それに関係するいろんな人に話を持っていって、

声を集めてきて、またフィードバックして、といったような。

「そういうポジションが、自分に合ってるのかも、と思います」


いろいろな人が、いろいろな立場で、いろんなことを感じ、考え、欲している。立場によって見える景色も価値観も違っている。それらにフラットに、興味を持って触れて、それをまた、違う景色の中に持ってゆく。どれも、相当大変なことであるはずだが、平村さんはごく楽しそうに、それを語った。


そういえば、神話にはそうしたポジションの神様がけっこういる。

メッセンジャー的な神様・ヘルメスがそうだし、「ヴィーナスの使者」的な動きをする、クピードもいる。

天使は、天地のあわいにあって、双方をつなぐ役割を果たす。

天にも地にも完全に属することのない、翼を持った者たちは、両方の都合を勘案してくれる、ごく親切な存在だ。

これらの存在は、善と悪の間にも置かれている。

「自由な自分にしておきたい」から。

たとえば、ヘルメスはメッセンジャーであり、知恵の神様であり、ビジネスの神様であるが、それと同時に、「泥棒の神様」ともされている。天使にも「明けの明星」に擬《なぞら》えられる堕天使・ルシファーがいる。

こうした「どっちにも行ける存在」がなければ、物語が動かない。

平村さんに、「これからやってみたいこと」「未来の夢」みたいなものはありますか？　と聞いてみた。

すると、こんな答えが返ってきた。

「そうですね、やってみたいこと、というのは、特にないんですが、決まったルートのようなものにはまりたくないな、とは思います。『このままいくとこうなるだろうなー』っていう、予測できるルートにはまり込みたくないんです。

公私ともに、そういうルートを、いつでも、ぽいっ！　って、飛び出していけるようでありたいんです。

『あなたはずっとこのポジションね』というふうに決められてしまうのがイヤ、ということもあります。

『未来には、今とは全然違うことしているのかも……』って思っていたいんです。

いつでも、そういうふうに、『今だ！』と思ったら、ぽいって飛び出せる自分にしておきたいんです」


平村さんのお話を聞いていて、「自由」とは、「なにものにも縛られないでいられる」ということではないのかもしれない、と思った。

「縛られない」のが自由なのではない。真の「自由」とは、いつでも何にでも縛られることができる、ということなのだ。

好きなものと自分をしっかり結びつけておく。そして、その結び目が解かれることを、怖れない。新しい結び目への希望を、いつも失わずにいる。そういうことが「自由」なのではないか。

仕事でも、恋愛でも、子どもをつくることや住処を持つことでも、介護生活に入るようなことでも、なんでもそうなのだが、私たちは「自分を縛るもの」を選ぶ。世の中にたくさんある選択肢の中の「どれになら、縛られてもイイか」を選んでいるようなところがある。

でももし、「縛られる」ことからいつでも「抜け出せる」としたら、どうだろう。「縛る」ことより「ほどける」ところのほうを考えたとき、何を選ぶべきか、見えてくることがあるのかもしれない。もし、いつでも「ほどける」ことを受け入れられるなら、もっと自由に好きになれるし、選べる。

もちろん、この世の中では、私たちはちっとも守られていなくて、「ほどけた」ときにどうにもならなくなってしまうこともある。

それでも、「わからない」ことや「はなれていく」ことを受け入れる自分を信じられるなら、もっと自由に、ゆたかな選択ができるのかもしれない。

平村友美

大学卒業後、新卒でメーカーに入社。半導体部品関連事業の海外営業部に配属。大学職員を経て、二〇〇八年五月に株式会社はてな入社。現在はコーポレート本部 人事・総務部に所属し、主に人事／採用担当業務に従事。

また、インタビュー当時は社長だった株式会社はてなの創業者・近藤淳也さんは、現在は会長になっている。

4 「これじゃない」から（言い放たれたから）。

――吉田さん@川端丸太町・ミシマ社京都オフィス

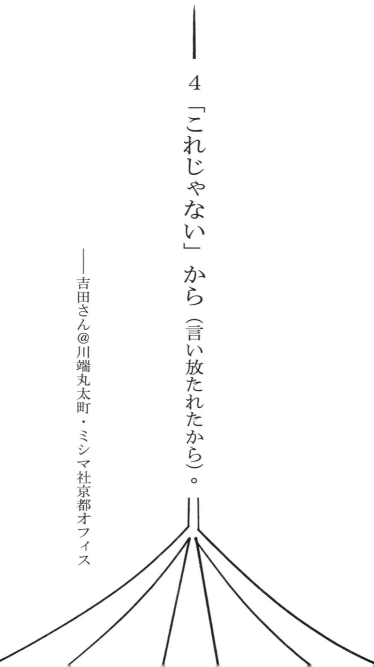

吉田さんは、写真家である。

一般に、職業写真家になろうとしたら、プロの写真家の弟子になるか、専門学校に通うことになる。

しかし、吉田さんはどちらの道も歩まなかった。

さらに言えば、写真家になろうと思ったのは三十歳になる前で、「写真家になろう」と志してから「なる」までに、一年ちょっとしかかからなかった。

そこに至るには、一見荒っぽいようで、実はきわめてリアルな選択が重ねられていた。

大学の違和感。

吉田さんは、今は京都市内に住んでいるが、宮崎で生まれ育った。

大学入学を機に、関西に来た。

「もともと、大学に進学する気はなくて、理学療法士になろうと思っていたんです。
地元の専門学校に行くつもりだったんですが、
高校が進学校だったので、先生から大学を受けてみるように薦められました。
そう言われても、どの学部を受ければいいかぴんとこなくて、
『じゃあ、福祉関係にいきたい』と言ってみたところ、
滋賀大学の教育学部の障害児教育はどうだと言われました。
『福祉関係の仕事にも、まあ、つながるだろうから』というので、
素直にそのまま推薦で受けて、受かったので、若干不本意ながら、進学したわけです」

推薦受験は、高校ごとに「何人受け入れる」という枠がある。入学辞退をすると、次の年から
その高校がもらえる推薦枠が減るので、受かってしまえば、入学せざるを得なかった。

「入ってみると同期の学生がみんな、どの学科の先生になるとか、
そういう、先生になる話ばっかりしていたんです。

教育学部ならみんな先生になるために入るのが当たり前なんですが、僕はそういうことをまったく知らなくて、先生になるなんて微塵《みじん》も思っていなかったので、『福祉系ちゃうの？』と、ショックを受けました（笑）。さらに、言葉のコンプレックスもありました。宮崎の言葉でそのまま、しゃべっていたので、たとえば、宮崎ではよく聞き取れなかったことを聞き返すとき、『え？』じゃなくて、『あ？』って聞くんですね。『あ？』って、ちょっとコワイですよね、怒ってるの？　みたいな感じになる、そういうこともあって、友だちもなかなかできなくて、結局、大学一年のときはずっと、大学行かずに、部屋でドラクエしてました」

大学行かずにゲームしていた……

これを聞いて、私は新居さんに言った。

「そういうひと、いましたね」

「これじゃない」から（言い放たれたから）。

「いましたねえ！」

詳しくは、本書第2章をご参照いただきたい。

しかし振り返れば私も、大学にはあまり行かずに、バイトとダビスタ（ダービースタリオン。ゲーム。）に明け暮れていたか……と思い出した。

知らない世界への扉。

そんな失意の一年間が終わる頃のある日、ふと、「春で陽気もいいし、たまには学校に行ってみようか」と思った。

学校に行くと、三人の学生が突然、声をかけてきた。

「一緒に学祭でライブやらへん?」

吉田さんは思わず
「うん、いいよ、やるわ!」

と応えていた。

ライブと言うからには、何か楽器を演奏するのだろう、と想像した。

しかし、その「ライブ」は、違った。

ヒップホップの曲をラジカセでかけて、それをコピー(?)する、という斬新(?)なものだった。いわば、カラオケである。

学祭の当日、他の出演者たちが普通に楽器を使ってバンド演奏をする中、吉田さんと三人は颯《さっ》爽《そう》と舞台に登場し、ラジカセで「カラオケ」をした。

「観客というか、見ている学生はもう、『ポカーン』ですよね(笑)。
その顔を見ていたら、気持ちよかったんです。
自分は一年のときずっと引きこもっていたわけで、
その間、普通のキャンパスライフみたいなものが、すごく羨ましかったんですね。

そういうキャンパスライフ的なものを送ってる人たちが、

今、自分を見上げてぽかーんとしてるのが気持ちよかった（笑）」

この三人の友だちには、一人は音楽に詳しく、一人は映画に詳しく、一人は幕末などの歴史にむちゃくちゃ詳しい、といったように、それぞれ、フィールドがあった。

彼らは、吉田さんに「知らない世界の扉を開けてくれた」のだった。

吉田さんは、この出会いをきっかけに、大学に行くようになった。

ドナドナ。

入学から四年が経つと、就職するか、先生になるか、の道を選ばなければならなくなった。

しかし吉田さんは、それを選びかねていた。

自分が社会に出て働く、という状況が、どうしても想像できなかったのだ。

先生にはなりたくない。企業への就職もしたくない。フリーターも嫌だ。

そんな、袋小路に入り込んでいた吉田さんが、何気なく大学の掲示板を眺めていると、一枚の張り紙が目に飛び込んできた。


「タイで日本語の先生をしませんか」


日本語教師の資格は不要、タイで最大二年間、大学生に日本語を教える、という仕事だった。

タイは観光業が盛んで、日本語を学びたい学生が多いらしい。

吉田さんは「これや!」と、とびついた。

教員でも、会社員でも、フリーターでもない道が、ここにぽっかり、見つかったのだ。

とりあえず、いったん日本を出てみよう、と思った。


「行ってみると、僕と同じ年齢の、関学(関西学院大学)とかを出てる学生たちが十人くらいいて、その人たちと一緒に、チェンマイで一カ月タイ語の研修を受けました。

「これじゃない」から（言い放たれたから）。

そのあと一週間だけ、日本語の教え方を学んで、
それから、全員がある場所に集められました。
各地の大学の先生が来ていて、
『ウチはこの人もらうわ』『こっちはこの人に来てもらう』みたいな感じで、
一人ひとり選ばれて、まあ、ドナドナされたわけです（笑）。
そのままバスに乗せられて、十時間くらい走って着いた
ウドンターニーという場所が、赴任先でした」

ウドンターニーはタイ東北の農村で、ベトナム戦争のとき、米軍の基地が置かれていた。

そのため、一時は経済的に栄え、大学も置かれたが、今では人々は皆、出稼ぎに出てしまい、吉田さんが見た風景は、かなり寂《さび》れたものだった。

大学はあるけど、なんにもない。

吉田さんは強烈な不安に襲われた。

吉田さんを「ドナドナ」した若いお姉さんは、大学の英語科で働いているスタッフだった。

バスから降りると、お姉さんに

「お腹減ってる？」
と聞かれたので
「ハイ」
と頷くと、お姉さんとお姉さんの彼氏と三人でごはんを食べることになった。

次の日から、学校で日本語を教える日々が始まった。

なにしろ吉田さんだって大学を出たばかりなのだから、学生たちと年はほとんど変わらない。

教室の扉をがらっと開けた瞬間、「キャー！」と黄色い声が上がった。人気者になってしまったのである。

吉田さんはこの件について「日本人というブランドですね」と語ったが、絶対にそれだけではなかったはずだ。吉田さんは、私の目から見ても、完全に「モテるタイプ」である（当社比）。

吉田さんが受け持った学生たちは、四十人中三十五人までが女性で、残る五人のうち三人はトランスジェンダーだった。毎日のように、学生から「先生、ごはんいこう！」「ピクニックいこう！」

と誘われて出かける、というモテモテ生活が続いた。

日々、日本語を教え、学生と触れあううち、気持ちに変化が起こった。

「これじゃない」から（言い放たれたから）。

「それまで先生になりたいと思ったことはなかったのに、一年間教えてみたら、人にものを教えるのって楽しい、自分、先生向いてるんちゃうか、と思えるようになったんです。それで、日本に帰って先生しようかな、と思いました」

しかし、日本に帰るとしても、どこで先生をしようか。出身地の宮崎に帰る気持ちにはなれない。滋賀もちょっと違う。そこで、脳裏に浮かんだのが、京都だった。

滋賀大にいたとき、時々あそびに来ていた京都は、「いいところだな」というイメージがあった。そんな理由で、吉田さんは帰国し、京都で講師からはじめた。晴れて（?）小学校の先生になったのだ。

最初に赴任したのは、京都市西京区の川岡小学校だった。

赴任が決まると、とにかく通勤時間が短いほうがいい、と思い、学区内にアパートを借りた。

すると、すぐに児童に住処がバレて、土日になると子どもの襲撃を受けるようになった。

「先生、いんのやろ!」「わかってんで!」「ぜったいいんで!」

ドアノブをガチャガチャガチャガチャされ、ノブは無残に破壊された。

アパートの古さから「吉田先生はホーンテッドマンションに住んでいる」というウワサが広まり、保護者にも「吉田先生はお金ナイ」という認識が定着した。

夜八時頃、「コンコン」とノックされてドアを開くと子どもが立っており
「これ、お母さんが吉田先生に持って行けって」

手渡されたのは、ちらし寿司や蟹《かに》クリームコロッケなど、心のこもった食料であった。

「なぜか、すごい心配されている……大丈夫なのに……」

とにかく、地域ぐるみで「吉田先生」は大事にされたのだった。

そんな二年間の講師生活を経て、採用試験を受け、転勤が決まった。

赴任したのは、一クラス十二人くらいの、本当に小さな山の学校だった。

「これじゃない」から（言い放たれたから）。

「は？　つまらん！」

「で、二〇一〇年の三月までそこで先生をして、二〇一〇年四月、写真家になりました。二十九歳のときですね」

ちょっと待て。話が急すぎる。

よくよく聞いてみると、そのきっかけは、奥さんとの会話だった。

吉田さんは二十六歳のとき、三つ年下で同じく小学校の先生をしている奥さんと結婚した。教員の研修のとき、同期として出会った。

小学校の先生になる仲間たちの中で、彼女だけがどこか「ちがう」雰囲気を醸《かも》し出していた。声をかけると、すぐに意気投合した。それで、出会ってまもなく、結婚を決めた。結婚して二年、子どもにも恵まれた。

二〇〇九年頃、奥さんがふと、吉田さんに言った。

「この仕事、ずっと続けるつもりなん？」

吉田さんは答えた。

「もちろん続けるやん」

すると奥さんは
「は？　つまらん！」

と言い放った。


予想外の言葉に、吉田さんは当然、びっくりした。

奥さんの言いたいことは、こうだった。


今は、二人とも学校の先生である。生活に困ることもないし、子どももいるし、言ってみれば、何の不自由もなく、定年まであと三十年、暮らしていける。教えていれば毎年いろいろあるけれど、だいたい、やることはわかっている。

つまり、この先三十年、どんなことが起こるのか、既にだいたい、わかってしまっているのである。

それは、どうも、つまらなすぎるではないか。

そんなつまらない道のりを、二人とも歩いて行く必要はない。

何か自分なりの道を自分の手で切りひらき、その証《あかし》みたいなものを残せるなら、そのほうがずっといいではないか。

子どもにも、そういう姿を見せてやるのが、大人のやることではないか。

三十年間、先生を勤め上げるのも大事だけれど、とりあえず私は安定の道を行くから、貴方はイバラの道を行きなさい。


吉田さんの奥さんは、そう言ったのだった。

当時二十八歳の吉田さんはこれを聞いて
「え?·?·?·?·?·」
と、頭の中がハテナでいっぱいになった。

しかし、一晩考えた。

たしかに、妻の言うとおりかもしれない。

何かはじめるとしたら、三十歳を目前にした、今しかない。

次の日、吉田さんは
「じゃあ、やめよっか！」

と言った。

「ただ！　なにしたらええか、わからん！」

すると奥さんは
「写真やれば」

と言った。

「は？？？？？」

「やってたやん」

たしかに、やっていた。

だがそれは、遥か昔のハナシだった。大学生の頃、一人だけでカメラ同好会みたいなことをしていたが、それっきり、ほっぽりだしてあった。

しかし、これが天命というものなのか、吉田さんは奥さんの言うとおり、写真家になることに決めた。

一年間、がんばってお金を貯めて、春、キッパリと先生を辞めた。

そのとき受け持っていた子どもたちはまだ一年生で、二年生も当然、吉田さんが担任だと信じていた。

そんな彼らの前で吉田さんは言い放った。

「先生は、明日から、先生じゃなくなります」

子どもたちは、ポカーンとなった。

かわいい子どもたちを置いて去るのは、吉田さんも、本当に切なかった。

その翌日から、吉田さんは「先生」ではなく、「写真家」への道を一歩、踏み出したのであった。

そうだ、インド行こう。

晴れて（?）「先生」ではなくなったが、今度はどうやって「写真家」になったらよいのだろう。知り合いもいないし、仕事の伝手《つて》も当然、ナイ。

一般に、写真家になる道は、プロのカメラマンの弟子になるか、専門学校に通うのが普通であるが、そんな時間もお金もない。

ふと、タイで過ごした一年を思い出した。

せっかくタイに一年いたのだし、海外に行って撮りたい！　と思った。

偶然、図書館でタイ関連のルポルタージュ本をみつけ、著者に連絡を取ってみた。すると、タイのミャンマー人難民キャンプに潜入する、伝手を紹介してもらえた。

相手はＮＧＯの職員みたいなポジションの人物で、日本に十年ほど住んだことのあるミャンマー人だった。この人の案内で、難民キャンプにこっそり入れてもらい、可能なかぎり写真を撮った。

キャンプの中で、

「私たちの現状を、外の世界で、どんな形でもいいから知らせてほしい！」

と、何度も何度も言われた。胸をえぐるような激しさで訴えかけられた。


そこで吉田さんは、写真家としての「カベ」に突き当たった。

すなわち、「自分は、ジャーナリスティックな写真を撮りたいのだろうか？」という問いである。この人たちの切なる叫びに応えることが、自分にできるだろうか。そもそも、それは自分が目指している仕事だろうか？

自問したが、答えはＮＯだった。

吉田さんは、ジャーナリストになりたいわけではなかった。

では、自分は、何が撮りたいのだろう？

すぐには、答えが出なかった。カベの向こう側が見えなかった。


このカベを乗り越えるにはどうしたらいいのか。

考えた末、自分なりに答えを出した。

「そうだ、インド行こう。」


あらゆる写真家が、一度はインドを撮っている。

まるで通過儀礼《イニシエーション》のごとく「写真家なら一度は通らなければならない道」であるかのような国、それがインドだった。

多くの写真家と同じく、自分もまた、インドでカベを越えられるのではないか。

しかし、列車やバスの旅だと、多くの写真家と同じようなルート、風景にならざるをえない。どうしたらいいだろう。

吉田さんは、京都市内、河原町丸太町の角にある自転車屋さん「エイリン」に赴いた。

そして言い放った。

「インド行くんですが、自転車ください」

「え?.?.?.?.?」

自転車屋さんもびっくりの、インド・ツーリングである。

自転車ならば、他の写真家とは違うルートで、独自の写真が撮れるはずだ、と考えたのだ。話をするうち、だんだん店員さんも事情が飲み込めてきて、パンクやチェーンが切れたときの応急処置を教えてくれたりした。

デリーからムンバイへと下っていく、二カ月の旅。

一番暑い八月から十月、吉田さんはインドを自転車で走った。「何か見つけなきゃ」と焦る気持ちでいっぱいだった。

行く前に地図を買ったが、その地図がひどくイイカゲンであることがすぐにわかった。事前にグーグルマップの航空写真を継ぎ合わせて、ルートにあわせて手製の地図を作っておいたが、たいして役には立たなかった。方位磁石とゆるい地図とを頼りに進む旅は困難を極めたが、二カ月間死ぬ思いをして、なんとかムンバイに辿り着いた。旅は成功したのだ。

インドから帰国して、吉田さんは、達成感にどっぷりひたっていた。

「やりきった！」という充実感にあふれていた。

この充実感、達成感は、次第に「燃え尽き症候群」的な症状に繋がっていった。何もやる気が起きなくて、毎日プラプラしているような、そんな生活になってしまった。

帰国後のこの状態に、さすがに、奥さんも気がついた。

「最近あんた、なにしてんの」

からはじまり、

「私が毎日汗水流して働いてるのに、なにしてんねん！」

と、長々叱責《しっせき》をくらった。そしてとどめに
「こんな男を選んだ自分が情けないわ！」

あらゆる罵詈雑言《ばりぞうごん》の中でも、これが一番こたえた。

この一言は忘れられません、と吉田さんは苦笑いした。


奥さんの言葉に「やばい！」と危機感を持った吉田さんは、インドで撮ってきた写真の中から作品を選び、エプソンの公募展のコンテストに応募した。

すると、見事に公募展を勝ちとった。個展ができることになったのだ。

この成功を経て、次はチベットに赴いた。チベットで一カ月半撮影すると、今度は出版社に売り込みに行った。作品は雑誌掲載にこぎ着け、そこからいろいろな雑誌に採りあげてもらったりして、二〇一一年くらいになると、自分の写真の世界がかなり広がってきたな、と感じた。仕事が軌道に乗った、という感触だろう。

写真家になろう、と思ってから、わずか二年ほど。

吉田さんは名実ともに、写真家になったのだった。

「同じ土俵」で戦うこと。

チベットから帰ってきた頃のある日、奥さんと一緒に、アメリカの有名な写真家のＷｅｂサイトを見た。奥さんはその作品について、写真の可能性に驚いた、と言った。

「写真でこんなことができるんやね！　人の心をこんなに、うごかせるもんなんや！」

と、感動していた。

それからしばらくして、吉田さんはチベットで撮った写真の中から、自分なりに「いい写真が撮れたなー」と思えたものを奥さんに見せた。

すると。

「一カ月、あんた、なにしてきてん！　どっかで見たことあるようなのばっかり撮って！　あのアメリカの写真家の人とぜんぜん、比べものにならんやんか、あの人がここ（頭上に手をかざす）なら、あんたはこのへん（畳の上一センチ）やで」

吉田さんは抗弁《こうべん》した。

「いや、あの人は何十年と活動してきた、世界的に巨匠と認められるような人で、比べるような相手と違うやろ！」

しかし、奥さんは意に介さなかった。

「は？　作品を作るということでは、同じ土俵やろ、そこでやらな、意味ないやん！」

吉田さんは、何も言えなくなった。

このときばかりは、しばらく黙り込んで、ずっと「ぶーっとしていた」。拗《す》ねるのとふさぎ込むのとの間くらいの感じだろうか。

たしかに、今いる位置だけでずっとやっていても、しょうがないのだ。売り込みに行けば、採用になるけれど、そこで満足してしまったら、そこまでになってしまう。

自分の作品を作り、自分の作品を売る。自分はそこからスタートしている。

奥さんの言葉は、きつかったけれど、今まで何度もそうだったように、吉田さんの心を奮い立たせる起爆剤となった。


私は感心のあまり、ため息をついた。

「吉田さんの奥さんは、神ですか」

吉田さんは笑った。


「ひところは、ケツをバンバン叩かれてました。

あんたは少々のことではへこまへんから、と言って。

僕はどうも、鈍感なんですね。

普通の人がこんなん言われたら、死んでんで、って言われました（笑）。

でも、このところ何も言わなくなったんです。

で、なんで？　と聞いたら、
『私も忙しいねん、あとは自分で考えて』
って言われました」

「働く」ということ。

今、吉田さんがテーマにしているのは「働く」ことだ。

最初に賞をもらった、インドでの作品は、更紗《さらさ》職人の写真のシリーズだった。撮っていて、「『働く』って、なんて美しいことなんだろう」と思った。それで、今度はバングラディシュに行き、皮なめし工場やレンガ職人たちを撮影した。撮影しながら、「『働く』って、なんだろう？」という思いが強く濃くなっていった。

吉田さん自身は、学生時代、バイトというものをしたことがなかった。仕送りと奨学金で生活できていたし、そもそも「働く」ことに対して、極度に怠惰だった。写真家になってからの数年の中で、撮影旅行の費用をつくるために、初めてバイトした。お麩《ふ》やはんぺんをつくる工場に短期で入り、そこでもけっこう、可愛がってもらったりした。

「僕自身、働くということは、一体なんだろう、と考えるんです。僕の両親は中華料理屋をやっていて、子どもの頃から毎日、火と汗とお客さんと格闘している両親の背中を、ずっと見て育ちました。バングラディシュで、職人さんの働く姿を見ていると、自然に、子どもの頃の風景を想起するんです」

今の日本では、「働く姿」といえば、スーツ姿のオフィスワークを連想する人が多いだろう。自営業者が多かった昔とは違い、子どもが親の「働く」姿を目の当たりにする機会も少ない。

「働く、っていうことが見えにくくなっていると思います、体感的に掴みづらい。

でも、インドやバングラディシュのようなところにいると、
大きなレンガを担いだりする、働く人の姿が、そのままに見えます。
根源的に、働くということは、
昼間一生懸命体を動かして、夜にはお茶飲んでゆっくりして、という、
そういうことなんじゃないかと思えるんです。
それを僕自身も感じたい、というのがあります」

「書店に行って『ビジネス書』のような棚を見れば、
いかにうまく人生を生きるか、みたいな本が多い。
でも、そうじゃなくて、
人間というのは、そもそも、働く動物だと思うんですね。
働くから、人間なんじゃないか。
生きるために働く人もいるし、やりたいことのために働く人もいる。
でも、結局、人間というのは、
働く、というところに、根っこがあるんじゃないかと思うんです」

私はこれを聞いて、自分の就職活動のことを思い出した。

ある企業の面接で「貴方は、どうして働こうと思ったのですか？」と聞かれたのだ。

私は、変なことを聞かれるなあ、と思いながら答えた。

「うちは貧乏ですし、食べていくには、働かないわけにはいきません」

すると、面接官は困ったように
「いや、そうじゃなくて、貴方の自己実現とか、やりたいこととか……」

と、言葉を濁しつつ苦笑いしたのだった。


たぶん、私は吉田さんの見たような、レンガを背負って働くような「労働」しか想像できなかったんだろう。小学生の頃から家事や育児を、中高生では家業を手伝わされたこともあって、「仕事とは否応なくやらなければならないものだ」という観念もあった。「仕事を選べる」とか、「仕事を創れる」とか、そういう発想が一切なかった。就職活動のハウツー本をちょっと読めばすぐわかるようなことを、私はなにひとつ、事前に調べていなかった。

そのやりとりが原因かどうかわからないが、結局、落とされた。

でも、私の心の中にはうっすらと、ふてくされたような反論が今も、残っている。

「働くのは、食べていくため。それがなんでいけないのか？」

私はほんとに一生懸命働くつもりだったのだ。「リア王」のコーデリアのような気分だった。

ぬぐい去れぬ不安。

写真家として活動していくことは、吉田さんにとって「楽しいし、超怖い」ことだ。


「地震と津波の夢しか見ないんです。

それで、ネットで『夢判断』みたいなのを検索すると、

『極度の不安に襲われています』と出てくる（笑）。

言いしれぬ不安感がいつもあります。

十年後にも写真をやっているのだろうか？　とか、
もっと良い作品を作れるんだろうか、とか、
食べていけるかとかじゃなく、
作品を作りたいという気持ちでいられるのかどうか、
そして、誰も依頼してくれなかったらどうしよう、とかね、
そういう不安が常にあります」

「今は自分でお金を出してバングラディシュに行って、
ボロボロの宿に泊まって、苦労して撮影するんですが、
いやな思いをすることもたくさんあるわけです。
でも、そういう思いをしても、どうしても彼らの姿をカメラにおさめたい、
という気持ちがあるから、行けます。
そういう気持ちがもし、将来、なくなったらどうしよう、って、それはとても不安です。
食べていくために写真をやりたくない、
あくまで『作品を作っていきたい』という、

その気持ちや、それを可能にする場、機会がなくなることの怖さは、本当に大きいです」

この気持ちは、よくわかる。

書けなくなったらどうしよう、もうなにも思いつかないんじゃないか、書いても誰も読んでくれなくなるんじゃないか、この本が売れなかったらもう、仕事が来なくなるんじゃないか。

創作に関するあらゆる恐怖は、僭越《せんえつ》ながら、私にもおなじみだ。

歴史上、幾多の作家や芸術家が自殺してきたが、その気持ちは容易に想像できる。

納得できる言葉が出てこなくなったとき、それが一時的なスランプなのか、それとも、もう才能や意欲が摩滅《まめつ》してなくなってしまったのか、自分ではわからない。

偉大な芸術家などでなくとも、どんな仕事であっても、自分の中から出てくるアイデアや意欲を元手に仕事をしている人なら、この感じはたぶん、よくわかるはずだ。

「もうなにも思い浮かばないかもしれない」「もうやる気が起きないかもしれない」「過去のアウトプットよりいいものが出ないかもしれない」という恐怖は、私たちを容赦なく打ちのめす。

体力やスピード感、感受性の鋭さ、記憶力など、年齢とともに失われていくものも多々ある。

「これじゃない」から（言い放たれたから）。


創作活動における、怖ろしい変化だ。

私自身、そうした恐怖に今、晒《さら》されて、どうにか道を探そうと、もがいている。

悪あがきなのかもしれない。否、もがき続けていれば、なにか道が見つかるかもしれない。

どっちが真実なのか、自分では、わからない。

「好きだ」という感じを、出していく。

撮影旅行のときも、怖さはある。

ドキドキしながら、現地の社会に入っていく。

工場とか、現場に行くときは、事前に、可能なかぎり念入りにリサーチをして、どう入っていくか、よく考える。

どの国でも共通しているのは、一番エライ人と仲良くなればよい、ということだ。

チベットの鳥葬《ちょうそう》の撮影に出かけたときも、僧堂のラマの長と仲良くなって、そこから、みんなに受け入れてもらえた。

写真を撮るとき、拒否されたりしませんか、と聞いてみた。

「そうですね、写真を撮られるのを嫌がる人もたしかに、いるわけですが、基本的に、こちらから『好きだ』という感じを出していくと、受け入れてもらえる、というところがあると思います。言葉が通じないぶん、そういう『感じ』は伝わりやすいです。表情とか仕草とか、すごく敏感に反応します。わーっといって、ハグ！　みたいになって、こっちの服がぐちゃぐちゃになったりします（笑）」

「好きだ」という感じを、こちらから出していく。できそうでできない、すごい技だ。

そういえば、私がわずかに知っているカメラマンの方々も、そんな感じだ。

拙著『結婚へつづく道』（二見書房）の野寺治孝さんも、『星なしで、ラブレターを。』（幻冬舎コミックス）の相田諒二さんも、ピリピリ警戒したりはねつけたりする感じが一切ない。太陽のようにどーんとしている。

一度だけお目にかかったハービー・山口さんは、相手を自然にオープンにさせてしまうような、不思議な「圧」をお持ちだった気がする。

『禅語』『親鸞』でお世話になった故・井上博道さんには、残念ながら、一度もお目にかかることができなかったが、写真を拝見すると、やはり、人の警戒を解き放つような笑顔をしていらっしゃった。

どうしてそういうことができるのか、私にはわからない。戦略なのか、「素」なのか。または「そういうふうにしても大丈夫」とわかっているからなのか。

ハービーさんに、

「相手に拒否されたら、やはり、嫌な気持ちになるんですか」

と聞いたら

「当然、傷つきますよ」

と教えてくれた。

こちらから好意の雰囲気を出して行った上で、相手からそれを拒否されたら、たぶん、誰だって辛いはずなのだ。

でも、写真家はその怖さ辛さを、越えていく。

吉田さんみたいに、海を越えて遠く、働く人々に会いに行く。

それができる人が、写真家になれるということなのだろうか。

その「怖さ」を超えてでも撮りたいものがそこにある、ということなのだろうか。


「好きだ」という感じを、こちらから出していく。

写真を撮る場でなくても、生きる上で、いつでもそういうことができれば、人生はとても、大きく強いものになるんじゃないか、と私は思った。

拒否される恐怖を越えて、リスクを取って、それができる人は、ひとよりも大きな人生を歩んでいるのではないだろうか。

「これじゃない」から（言い放たれたから）。


「一緒にごはんを食べるのも大事です。

同じ釜のメシを食う、というか、『ウマイ！』と言って食べると、
心を開いてもらえる感じがします。

口に入れて、これはヤバイ、となることもありますが、ムリして食べます（笑）。

チベットに行ったときは、鳥葬のあと、すぐそばで宴会をやるんですが、
匂いが、鼻に残るんです。視覚的なものじゃなくて、鼻に匂いがついてしまう。

そこで、ヤクのミルクの入ったバター茶をもらう。

その獣《けもの》の匂いがまた、鳥葬の匂いに混じって、あの味は、ちょっと、忘れられないですね」


すべての表情も、風景も、たった一瞬のものだ。

歴史は私たちが「見なかったもの」で溢れている。

写真家たちは、人々が「見なかったもの」「見たのに気づかなかったもの」を、時間の急流の中から貪欲に、もぎとり、ちぎりとって、みんなに見せようとする。まるで、首根っこをつかんで時間の流れの口を引き戻すみたいに、「見なかったこと」を、人々に対して許さないのだ。

「フツウはこうする」に流されないこと。

世の中には、写真家になりたい人がたくさんいる。懸命に努力して、結果、写真家になれなかった人も、大勢いるだろう。吉田さんはしかし、写真家になった。

才能があったとか、努力が実ったとか、運が良かったとか、出会いに恵まれたとか、いろんな見方ができると思うし、そのすべてだろう。

奥さんの存在も本当に（ほんとうに!!）すごい。

とはいえ、やはり、吉田さん自身の選択で、その道はできあがった。

吉田さんの選択で特徴的なのは、流されやすいようでいて、実は絶対に、一切流されていない、ということだ。

たとえば、教育学部に行って教員資格までとったのに、「先生になるのは違う」「会社に入って働くのも違う」と、受け入れなかった。最初のタイへの撮影旅行で現地の人に「この現実を必ず

「これじゃない」から（言い放たれたから）。

世界に伝えてくれ」と懇望されたときも、それは自分のやりたいこととは違う、とはねのけている。

大学で出会った友人や、奥さんの言葉には、ごく簡単に反応しているようにも見える。でも、あくまでそれらの提案が「ちゃんと気に入った」からであって、けっして流されたわけではなかったのだ。

吉田さんは、どんなにお願いされても、「フツウはこうやるものだ」と解っていても、心から「やりたい、やってみよう」と思えなければ、絶対に動かなかった。一方、どんなにムリっぽくても、「やってみようかな」と思えれば、行動していくのである。

これは、できそうで、なかなかできないことだ。

吉田さん自身は、そうした部分を「鈍感」と評したが、私には、そうは思えない。自分の心だけに従う正直さとか、ガンコさとか、そんなものがあるのだろう。

しかし、人間、そんなに自分の心に従いきれるものだろうか。そんなにも自分をごまかさずにいられるものだろうか。私にはムリだ。

もし自分が二十代の頃に、吉田さんのようなガンコさを持てていたら、どうだっただろう、と思わずにいられない。

私は、「フツウはこうするものだ」という考えに、とことん流されたからだ。周囲の目に対して「いい子」であろうとした。現実的な、ものわかりのいい「大人」であろうとした。二十代はそのせいで、かえって流浪の日々を送らざるを得なかったし、渡り歩いた会社の人々にも、多大なる迷惑をかけてしまった。

それも私の限界だったのだろうし、私の道だったたし、「たら」も「れば」もないのだが。

多くの人が、「やりたいこと」を探す。「何がやりたいか解らない」と悩んでいる。でも、本当に見つめていなければならないのは、「やりたくないこと」なのかもしれない。自分の中の「NO」を知っていることが、羅針盤となることもあるのだ。

「これじゃない」から（言い放たれたから）。

吉田亮人

一九八〇年宮崎県生まれ。京都在住。写真家。様々な媒体で写真作品・文章を掲載する他、美術館やギャラリーで写真展を開催。二〇一四年度コニカミノルタフォトプレミオ年度大賞、The Paris Photo - Aperture Foundation PhotoBook Awards 2015にノミネート他、受賞多数。
次ページの写真は、写真集『Brick Yard』に収録されている一枚で、バングラディシュのレンガ製造業に携わる人々を撮ったもの。

5 「体験」の力。

――赤井さん@梅田・カフェゆう

赤井結花《ゆいか》さんは、高校三年生の十七歳である。

夏休み中だが、学校では夏期講習が行われており、その帰りにインタビューを受けに来てくれたのだった。

「進路指導」のいまとむかし。

高校三年生の夏、つまり、受験生である。

志望校を聞いてみると、即答が返ってきた。

「看護系です。喘息《ぜんそく》とか、アレルギーとか、そういう、普通の生活を送れない人の手助けがしたいと思って」

彼女のお母さんも看護師をしているという。そして彼女自身、喘息もちなのだった。私も子どもの頃は小児喘息と言われ、今でも二年に一回くらい発作が出るので、その苦しさはよくわかる。

赤井さんは、中学生のときはバスケットボールをやっていたが、高校に入ってからは、陸上部に所属した。

高校にはバスケットボール部はなく、仕方がないのでいろんな部を見て回った。その中でも陸上部は、部員の雰囲気が一番、良さそうだった。

私もだんだん、高校時代の空気を思い出した。

たしかにおなじ学校なのに、部によってその雰囲気はえらく違っていた。

不良っぽかったりキャピキャピしていたり、逆にやたらとストイックだったり。たまたまその時期に所属した部員たちのキャラクターや、指導者の方針にもよるのだろう。

赤井さんは、けっしてステレオタイプな「優等生」の雰囲気の人ではないが、どこか穏やかで、落ち着いている。そんな彼女が、賑やかな部に違和感を持つのは納得できた。

陸上部で短距離走に取り組んだが、外のグラウンドで走る部活動は、喘息のこともあって、彼女の体に合わなかった。退部しようと思い、先生に話すと「マネージャーというかたちもある」と言ってもらえた。

マネージャーになることなど考えたこともなかったが、陸上部の人間関係が本当に好きだったし、引き受けることにした。

私は完全な文化系だったので、運動部のマネージャーが具体的にどんなことをするのかまったく解らない。そのあたりを聞いてみた。

「走るタイムを計ったりとか、トレーニングの時間を計ったり、計る仕事がほとんどですね。あと、コースのラインをひいたりとか」

なかなか忙しそうだ。

日焼けした彼女の表情を見ると、部活動は、充実したものだったのだろう。

ひょんなことからなった、マネージャーというポジションと、彼女が志望している「看護師さん」という仕事は、なんだか、韻を踏んでいるようにも思えた。


とはいえ、受験勉強は、大変らしい。

部活に打ち込んできた二年間だったため、勉強にはそれほど熱心ではなかった。

「先生には『これ以上がんばれない、と思うくらいがんばれ』と言われます（笑）」

進路を決めたのは、なんと、高校一年生の頃だと言う。

「一年のとき、職業選択のための冊子のようなものを渡されて、それを見て、先生の話を聞いたりして
『貴方の将来の夢は？』みたいなことを、紙に書かされるんです。
そういうことを何度かやって、そのうちに決まっていった感じです。
一年の三学期に理系コースか文系コースか、選ばなければならないので、最初は看護系とか、あまり考えてなかったんですが、
だんだんに、そっちにいこう、と思うようになりました。
理系から文系に変えるのはできるけど、逆はむずかしいじゃないですか」

一年生から文系か理系かを選択させるのか。

私はちょっと驚いた。

となりにいるミシマ社新居女史は今二十四歳で、世代的には、彼女と私の間（かなり下寄りだが）にあたる。

「新居さんのときもそういうのあった？」

と聞いてみると、

「一年から職業の話とか、そこまではなかったですね。でも、教育実習に行ったときは、ありました」

とのことだった。

新居さん、教員免許持ってるのか……と、別のところで感心した。

しかし、そうした指導をする先生も大変そうだ。

先生方は「いろんなキャリアを持った人々」ではない。大学に進み、教職課程を学び、教員になって、そこにいるわけだ。職員室にはほぼ完全におなじ進路を選んだ人々が集まっていることになる。

一方の子どもたちはこれから、限りなくバラエティに富んだ道をそれぞれ、歩いてゆくのだ。

「いま、そこにいる」こと。

赤井さんに「好きなもの」のことを聞いてみた。

音楽とか聴きますか、と言ってみたら、「嵐です」という、これもキッパリした答えがかえってきた。

小学生のとき、ドラマ「花より男子」をふとテレビでみかけて、それからまず、ドラマにハマり、やがて嵐を聴くようになった。

ライブにも三回ほど行った。

大きな会場だと、ほんの小さくしか見えないいんじゃないか、と聞いたら、京セラドームのライブのときは、かなり近くで見ることができたそうだ。

私は、アイドルにはまったく興味がなかったのだが、何を隠そうここ数年、ももいろクローバーZにはまっている。しかし、ライブ会場には行ったことがないし、けっして行かないと思う。ライブのDVDは相当持っていて何度も見た。しかし、「あの場」に行く気にはなれない。

私がそう言うと、赤井さんは

「絶対、行ったほうがいいですよ！」

と言った。

「びっくりするくらい楽しいんですよ！」

ここまで話してきたが、実際、彼女はあまり、自分からはしゃべってくれていなかった。聞かれたことには的確に、冷静に答えてくれるけれど、簡潔で、どちらかといえば言葉少なな感じがした（後で聞いたら、初対面で緊張していたためだったらしい）。

ゆえに、この「びっくりするくらい楽しい」という言葉にこもった熱に、私はちょっと感動して、うれしくなった。

「おなじ空間にいる、ここにいる！　っていうのが、まず、びっくりなんです。いちばん最初に行ったときは、もう、わけわかんなくなって、友だちと一緒に『嵐おる！』って言って。『おる！　おる！』って（笑）。実在している！　おなじ人間やった！　みたいな、それがうれしいっていうか、はあ……（ため息）みたいな感じで。
二回目に行ったときも、やっぱり『おる！』みたいになって（笑）」

チケットを取ってライブ会場に来ているのだから、「おる」のは当たり前なのだが、実際に目の前に「その人」がいる、ということが、びっくりするほどの衝撃なのだ。それが、うれしくて、楽しい。

動画で見ていて、音楽を聴いていて、よく知っていても、目の前にいる、というこの圧倒的な衝撃にはかなわない。

彼女が「目の前にその人がいる」ということの感動を、私に強く教えてくれたことが、私にはうれしかった。

ここにそれを体験して、信じてくれている人がいる、というのがうれしかったのだ。

日常的な人間関係においても、そういうことは、ままある。

メールやＬＩＮＥなどでやりとりしても、電話で何時間話しても、たった五分だけ「会う」ことにかなわない。

「その人がいま目の前に、おなじ空間にいる」ということ。

ライブ会場では、大声で声援を送ることくらいはできても、直接話しかけたり、反応してもらったりすることができない。それでも、「そこにいる」ことは、絶対的な力をもつ。

どんなに情報通信の技術が発達しても「いま、ここにいる」ことは、特別なことでありつづけるんだろう。

でもそれはいったい、どういうことなのだろう。

「いま、ここ」というのは、いったい、なんなのだろう。

「いま、その人がここにいる」ことを目で見て「おなじ人間なんだ」と感じること。

それは、裏面に、「自分」というものへの強烈なクローズアップを含んでいる。私たちは自分の姿を、自分の肉眼で見ることはできないからだ。

「自分」がいま、ここにいる、ということは、思えば、なんて奇妙な、不思議な、とらえがたいことだろう。

もしかすると、憧れの的である特別な「他者」の存在をうつし鏡のようにして、私たちは「この世にいま、自分が生きている」ことを感じられる、ということなのだろうか。

自分のリズム。

青春と言えば、なんといっても、恋愛であろう。

赤井さんに恋愛の話題を振ってみると、意外な言葉が返ってきた。

「お母さんとお姉ちゃんには、あんたは絶対結婚できない、って言われてるんです。お姉ちゃんはモテるからできるけど、あんたはムリだね、って」


実際、彼女はとても可愛らしいのである。

私も女子高生の頃こんなふうだったらなあ、と思うような子なのである。

なのになぜ、モテない、なんて言われるのだろう。


「たぶん、人とつきあうことに、あんまり興味がないからだと思います。

友だちのなかには、『何時から何時まではＬＩＮＥの時間』みたいに決めてる子もいます。

私はそれは絶対ムリです。

休日を寝て過ごすのとかもったいない、っていう友だちもいますけど、
私は休日寝て過ごしてても平気だったりとか。

ムリして自分から予定入れる、とかはしないです」


「予定」とは、「友だちと遊びに行く予定」ということなのだろう。

彼女はとても「自分を持っている」人なのだな、と思った。

友人間のコミュニケーションに飲み込まれるような若者たち、というイメージの記事や、それが原因と思われる事件の報道を、よく目にする。

そういう「今の若い人」のイメージとは、彼女は、だいぶ違ったところがあるようだ。

もとい、大人が十把《じっぱ》一絡《ひとから》げにする「今どきの若い者」のイメージも、相当いい加減なものなんだろう。

大学生のお姉さんとは、よく買い物に行ったりする。

「仲がいいの？」

と聞くと、

「わかりません、多分、仲がいいほうなんじゃないかと思います、
他の家の姉妹がどうなのかわからないから、何とも言えないけど、
でも、人から『仲いいね』と言われます。友だちみたいな感じかなあ」

と返ってきた。

彼女の答えには、理性の眼差しが行き届いている感じがする。物事の捉え方がとても冷静で、澄んでいる。


「お姉ちゃんは、やっぱり、妹のことを面倒見ないと、みたいな感じで、甘えさせてくれるというか、そういう感じがあります。

それが、心地いいんです。

だから、学校でも、先輩と話すほうがラクだったりします。

後輩だと、こっちから話題をつくってあげないと、みたいに、気を遣ってしまいます」


妹というものがそんな感じ方をするんだ！　ということに、軽い衝撃を受けた。

かくいう私は、三人姉妹の一番上である。

もちろん、どこの家の妹もおなじ、ということはないだろう。

ただ、彼女に言われて、思いあたるところがあった。家では姉である私は、学校でも「先輩」のほうがやりやすかった。後輩と話すほうがラクだったのだ。

立場によって、見えるものは違う。

人間関係のつくり方も、そんなふうにできていくんだなあ、ということに気づかされた。

お姉ちゃんだからちゃんとしないと、ということは、小さい頃から常に無意識に思っていたところがあった。では、妹は、というと、そこには、気がついていなかった。

一番心に残っていること。

「今までの人生の中で、一番記憶に残っているというか、印象が強い思い出、みたいなものは、ありますか」

と聞いてみた。

すると、

「中学の部活です」

即答だった。

「中学のときはバスケ部で、練習はきつかったけど、達成感があったんです。中学のバスケ部に入ってくる子は、小学校のときにミニバスやってた子が多いんです、でも私がいたチームは、ミニバスからの子が一人だけでした。だから最初は弱かったんですが、チームワークがすごく良くて、だんだん強くなって、前に勝てなかった相手にやっと勝てた！　みたいな、そういう経験がすごく、残ってます」

彼女のポジションというか、どんな立ち位置だったのか、を聞いてみると、ディフェンスが好きでした、という。

「どちらかといえばセンターが強いチームで、フォワードが中心だったので、私はディフェンスに回るようになりました。

試合の相手チームの情報を、先生が事前に教えてくれるんですが、『何番が強い』とか教えてもらって、その選手を止めたときの達成感とかが、大きかった」


「一番心に残っていることはなんですか？」

実は、これまでのインタビューでも何度か、この質問をしてきた。

しかし、この質問にバキッと応えた大人は、いない。

「うーん、なんだろう、おもいつかないなあ」という感じで終わってしまう。

大人になっている分、いろんな経験をしてきているはずなのに、妙なことだが、逆に、たくさんの経験があるからこそ、どれかひとつを選べない、ということなのかもしれない。


赤井さんは、即答だった。

それも「一瞬のよろこび」「一時的な苦悩」のような、イベント的なトピックではなくて、中学校三年間という長い時間をかけた経験のひとまとまり、その達成感や充実感だ、と彼女は言ったのだ。

この答えに、不思議なくらい心を打たれた。

背伸びでも自慢でもない。いわゆる「中二病」などとは無縁な、彼女の知性のさわやかさが、まぶしかった。

そして、私の人生の中で、そうした達成感を感じたことがあったろうか、と思った。

それを「一番心に残ること」と言えるだろうか、とも思った。


もし自分が、高校三年の夏に「今までで一番心に残ったことはなんですか?」と聞かれたら、どう答えただろう。


それをつらつらと考えて、ふと思い浮かんだのは、小学校一年の頃に、妹を迎えに保育園に行ったシーンだった。

当時、両親は別居していて、母子家庭だった。

真冬の雪道を、そりを引いて保育園まで歩いて行き、そりに妹を乗せて、それを引っ張って歩いて、誰もいない家に帰って、大きな石油ストーブに、マッチを擦って、おっかなびっくり火をつけた。

あのときの感情はよく思い出せないし、なんでその光景を一番に思い出したのかわからないのだが、まず、とても怖かったのだと思う。でも同時に、大人になったような気もして、それが、誇らしくもあったのだろう。

そのとき感じたであろう「自分にもこんなことができるのだ」という感情が、いまだに、心の奥深くに残っているのかもしれない。


どんなことでも「最初からうまくできる」ことは、なかなかない。

わからないまま、できないまま、その世界に踏み込んでみて「できるようになっていく」自分を発見する。試合や舞台のど真ん中で、一か八かの挑戦をして、そこで新しい自分に出会う。「こんなこともできる、あんなこともできる」と、ハシゴの縄を順々につかむように、私たちは上にのぼっていく。

「自分にもこんなことができるのか！」という発見と手応えは、その先に進む勇気に変わる。

「できるようになってから、やる」という道筋をたどれることなど、ほとんどない。

私たちは、できない状態のまま、新しい世界に飛び込んで、それで、できる自分に出会っていく。その出会いは、待っていても、誰かに頼んでも、つかめない。

赤井結花
一九九六年生まれ。インタビュー後、大学の看護学部に進み、看護師を目指して日々がんばっている。

6 「知りたい」から。

——仲野先生@京都駅・ホテルグランヴィア京都

本章のインタビュイー、仲野徹先生は、大阪大学の医学部で、基礎医学の研究をされている。仲野先生は二〇一二年、「日本医師会医学賞」を受賞された。研究テーマは「エピジェネティクス」。インタビューは「エピジェネティクスとは、なにか」というあたりからスタートした。

「エピジェネティクス」。

先生はおもむろにスマートフォンを取り出し、「これ、さっき撮った写真」と見せてくれた。京都大学生協の書店で撮った、売り場の写真である。仲野徹著『エピジェネティクス』（岩波新書）が、新書フェアの人気書籍として、ＰＯＰつきで紹介されているのだった。

「あの大学で売れている、ちゅうフェアでもね、上位に出てきているんです、今とても売れているんです、って、自慢してるだけやな（笑）」

そんなに読まれているのか。

というか、阪大の偉い医学部の先生が、書店の店頭で、自著の写真を撮ってくるなんて、なんとひらけた先生なんだろう……。

しかし「エピジェネティクス」とは、なんなのだろう。

普通のインタビューであれば、来る前にちゃんと相手の仕事がわかっているのであるから、事前にその本を読んでくるのが当たり前だ。

だがこれは「闇鍋インタビュー」で、私には何の予備知識もない。

それだけ売れている本ならば既に「一般常識」なのかもしれないが、ここでググるわけにもいかない。恥を忍んで質問するしかない。

「ええと、その、エピジェネティクスって、どういうことなんでしょうか」

「それはもう、この本を読んでもらったらわかります（笑）。

といっても前書きと後書きはやさしいんやけど、第2章からいきなり難しくなるからね。
でも、ちゃんと読んだらわかります。
エピジェネティクスというのは、一言で言うと、
塩基配列によらない、遺伝子の修飾によって保たれる表現型、
って言ってもなんやわからんとおもうけど、
つまり『遺伝子だけでは決まらない』ということです」

遺伝子だけでは、決まらない。遺伝子の修飾によって保たれる表現型……。

私は俄然、ドキドキしてきた。

つまりあれか、あのタブーのような「獲得形質が遺伝する」か⁉ ついに、そういうことになったのか……⁉


高校の生物（中学の理科かもしれない）で習ったのは、「生物の進化は、遺伝子の突然変異と環境による選択でのみ起こる」というハナシである。

でも、私のような文系人間のごくベタな生活感覚では

「キリンの首は、キリンが一生懸命高いところの葉っぱを食べようとしてがんばってるウチに、少しずつ長くなった」

というラマルク的な話を信じたい気がしてしまう。

たとえば、親が交通事故で片足を失っていても、その子どもが、片足がないまま生まれてくる、ということはない。私たちは成長するに従って、ケガをしたり、ピアノを練習して弾けるようになったり、トレーニングして腹筋を割ったりするが、これらはみんな、後天的に「獲得」した特徴である。これを「獲得形質」という。がんばって腹筋を割っても、生まれてきた子どもの腹筋も割れている、というわけにはいかない。「獲得形質は遺伝しない」というのはつまり、そういうことである。

ケガと同じで、親が「がんばった」ことは、後天的に獲得した形質である。親から子へと受け継がれることはない。親のキリンがどんなに一生懸命首を伸ばしても、子どもの首が長くなることはないのだ。

進化の正しい考え方としては、「あるキリンの群れの中で、たまたま（↑ここ重要）仲間より首の長いキリンが生まれて、そのキリンがすごくモテたとか、または食糧難の中そいつだけが生き残ったため、自然に首の長いキリンが増えていき、最終的にみんな首が長くなった」ということになる。

でも、そんなバラバラの偶然の寄せ集めではなく、「がんばって長くなった」みたいな、物語的な必然で「進化」するのだ、と考えたいのが、人情なのである。

絵本の世界でも、そういうお話はよく描かれる。

恋に破れて蛇になってしまうとか、空に憧れて首が伸びてしまうとか、「物語が生き物自体を変化させる」という考え方は、多分、とてもプリミティブな直観で、悪魔的な魅力がある。

「どういうことかというと、つまり、こんなことです。
第二次世界大戦の終わり頃、オランダで食糧事情がとても悪くなったんです。
妊婦もちゃんと栄養がとれない、飢餓のような状態になりました。
その頃生まれた人たちが、中年以降になってからね、
たくさん、糖尿病とか高血圧のような病気にかかったんです。
これ、どういうことだと思います?」

それは、燃費が良くなった、ということか。

「つまり、お腹の中にいるときに、少ない栄養だけでやっていける身体になってしまった、ということでしょうか」


「そういうことです。

でも、生まれる前に起こったことが、
何十年も保たれて、そういう健康問題として発現するちゅうのは、
どうも、説明がつかないんですね。

遺伝ではないし、突然変異がそういうふうに起こるということもない。

じゃあなにかというと、遺伝子が『修飾』された、ということなんです。

お母さんのお腹の中で、遺伝子の情報に、化学的な修飾語がついたということなんですね。

それが、ずっと保たれうる、というのが、エピジェネティクスなんです」

このインタビューが終わった後、私は先生の著書『エピジェネティクス』を読んだ。そこにはちゃんと、私の密かな大興奮に対する答えが書かれてあった。章の小見出しは「ラマルク説の再来?」であって、私のような早とちりをする人がいることが既に想定されていた。

一部引用しておく。

「生殖細胞の分化過程から考えると、動物では用不用的な獲得形質が遺伝することはありえない。しかし、食餌をふくめた環境要因による獲得形質が遺伝することはありうる。高脂肪食や低タンパク食の親からの遺伝は第4章で紹介したし、他にも、マウスでは男性ホルモンを阻害する薬剤による精子の減少や嗅覚刺激による経験などが、ショウジョウバエでは高温などのストレスによる影響などが、世代を超えて遺伝することが報告されている。

多くの場合、その遺伝は完全なものでなく、傾向があるという程度であり、世代を経るにつれて、その影響は弱くなっていく。また、どのようにして遺伝するかについては、そのメカニズムを示唆するというレベルにとどまっており、決定的なことはわかっていない。それに、これまでにわかっている例は多くないし、特殊な現象にとどまるだけかもしれない。」

つまり、「獲得形質が遺伝する、とは、少なくとも今のところは、ぜんぜん言えない」というのが現実のようだ。

とはいえ、やはりこの話には、画期的な魅力がある。
「遺伝子だけです！　他は関係ないです！」と言い切られるのは「運命は絶対的に決まってしまっています！」と言われるのと似ている。でも、そうではない要素も、わずかに、ある、ということは、やはり、風穴があくようにおもしろい気がする。だからこそ、そんなにも『エピジェネティクス』が売れている、ということではなかろうか。

仲野先生は、この本を書いた理由について、こう語った。

「そもそも、エピジェネティクスということが、
あまり知られていないので、知らせたかったんですね。
あと、いろんなことを言われているけれど、

あんまりまだ、ハッキリはわかっていないところも多いんですよ。
どこまでわかっていて、どこからわかってないかを、きちんと書いている本がない。
それで、自分が書けばいいんちゃうんかと思いついて、まとめてみました。
だから、そこは、誤解のないように、そうとう丁寧に書いてます」

子どもの頃、理科や社会を教わっていて
「ここまではわかっていますが、このさきはまだ、わかっていません」
という話を聞くと、ワクワクした。
フェルマーの最終定理（解かれてしまったらしいが）のような「この数学の問題は、まだ誰にも解かれていません」という話を聞いて、ちょっと試してみたことのある人も少なくないだろうと思う。

「既にわかってしまったこと」で埋め尽くされた世界は、息の詰まる、夏休みの宿題のように閉塞的な世界だ。
一方「まだわからないこと」のある世界は、魅力的で、きらきらしている。

『エピジェネティクス』には、既にわかっているいくつかのことの果てに、まだわからない膨大な世界がある、という事実が描かれているのだった。

宇宙の果て、時間の流れ、ミッシング・リンク、隠された財宝。
世界には「まだわからないこと」が、ある。
そのことが、若い学生の心に太陽のように「響く」のは、あまりにも当然のことだ。

やりたいことがたくさんあるんです。

仲野先生は、最初はお医者さんをしていた。
「市民病院とかで、三年は内科医をしていました。

その頃は、阪大医学部を出たら、数年はお医者さんをやって、
そのあと大学院に帰ってくるのが普通のキャリアパスで、
大学院行ってしばらくしてから役職がつくんですが、
僕はよほど優秀だったんでしょうね（笑）、
先生から『助手探してるんやけど、きいひんか?』言われて、
それで、最初から助手として戻りました」

「はじめは血液細胞の分化を研究してたんですが、
二十年前、教授になったとき、なにか新しい研究を始めようと思って、
生殖細胞をテーマにしはじめました。
新しい遺伝子を二つ見つけて研究していたら、
その両方がエピジェネティクスに関係していったので、
これは、神様が血液学をやめて、エピジェネティクスをやれって言ってるなと思って（笑）。
それで、エピジェネティクスの研究のほうに入っていきました。
最初から一本に絞っていたというわけではなかったので、

エピジェネへの思い入れが強すぎる、とか、そういうことがないんです、それがかえって、いいのかもしれん。

なにしろ、他のことに興味が多すぎるんですよ（笑）」


「他のこと、といえば、たとえばどんなことでしょうか」


「そうね、いまやってるのは、『HONZ』ちゅうてね、本のレビューのサイトがあるんです。そこで、二、三年連載をしてます。以前『生命科学者の伝記を読む』という本を書いたら、HONZを運営している成毛眞《なるけまこと》さんがこの本を読んで、おもしろいといって、インタビューに来られたんです。

それから、本のレビューを月一回書いてます。

以前は十日に一冊読んで書いてたんですが、
さすがに辛くなってきたので、いまは月一になってます。

これがなかなか、大変でね、これはおもしろいと思って読み始めても、しまいまで読んだらたいしておもろなかった、なんていうこともありますしね（笑）。おもんなかったら成毛のおっさんが、怒りよるんですよ。『この間のはおもしろくなかったですね』とか真顔で言われると、辛い！（笑）毎月十四日が当番と決まってるんですが、ときどきおもしろい本があると、当番外でも書いてしまうんです」

「あとは、大学で新しくやってることもあって、生命機能研究科の研究科長なんです。生物学とか、科学とか、生命の機能全体を対象にした野心的な研究科ですよ、これです」

先生は、ノートパソコンでＷｅｂサイトを出した。学科の紹介ページには、先生の挨拶と、写真と直筆サインが掲載されていた。

「たまごみたいなええおっちゃんにみえるやろ！」

「っていうか先生、……かわいい字ですね！」
と新居さんがツッコんだ。
そういえば新居さんも、大阪人だった。

「そうだ、あと、とっておきがあるわ、
去年の十一月からね、義太夫《ぎだゆう》を習ってるんです」
親交の深い内田樹さんから、かねて「習いごとをしたらいい」と勧められていたという。

「ウチダさんが言うんですけどね、
大学教授なんかしてたら、頭《ず》が高い。
人に教えてもらうことをせなあかん、と言うんですよ。
たしかにそうやなと思って、前からなにか習いたいと思っていたんです。
最初はサックスをやろうと思ったんですが、僕は、飽きっぽいんですよ。
で、男にありがちな『道具から入る』というやつで、ほしいと思って買《こ》うたときには、もう飽きてるんです。大人買いしたら、夢が叶った、みたいになるんですね」

「それで、もともと歌舞伎や文楽が好きだったし、義太夫なら道具もいらんし、ということで、始めたわけです。英太夫《はなぶさたゆう》師匠というひとについてるんですが、これが、お稽古の回数より飲み会のほうが多いという（笑）。だいたい、義太夫なんか習う人は、変わった人ばっかりで、おもしろいんですよ。兄弟子に、実家が米屋をしていたというので米太夫と勝手に名付けてる人がいるんですが、この人に『習《な》ろてはる方、みんな変わった人ばかりですね』と言ったら、『そうやな、あんたが一番やな』と言われました（笑）」

やっぱりな……と、ちょっと思った。

もとい、仲野先生の大阪弁は、先生にふさわしく、よく透るいい声で、実にリズミカルで、それを聞いていているだけで、気持ちがいいのだ。それは、義太夫のお稽古の効果もあってのことなのかもしれない。

「いつ死んだんやろ」（！）

「あと、山登りをしています。
雪山に行ってみたい、とずっと思ってたんですが、
どうせ行くならモンブランに登ってみたいと思ってね、
何年も前から資料を集めて、準備して、登りました。
上の娘がスイスに赴任中だったので、

ついでにモンブラン登ろう！　となったんです。
かなり前からスケジュールを入れて、
考え方がせこいから、モトをとらなあかんと思って、
一月から雪山トレーニングをしました。
そしたら六月に、ランニング中に膝をケガして、大変だったんですが、
それはなんとか治って、いざ、登るとなったんです。
でも、途中までは行けたんですが、天気が悪くて、上までは行かれへんかった。
で、降りてきてから次の日、
ガイドさんが、岩登りをしませんか、というんです。
一〇〇メートルくらいの絶壁を、ロッククライミングです。
ガイドがマンツーマンでつくんですが、
アイゼンつけたまま岩を登るというのは初めてだったので、
どうかなと思ったんですけどね。ほら、こんな岩山です」

写真を見ると、まさに絶壁である。

「この岩登りの前日に、ちょっと観光しましてね、
シャモニーというところの墓地に行ったんです。
ヨーロッパでは、有名な人の墓とかが、観光地として、人気があるんですね。
その墓地を回っていて、ある墓石をふと見ると
TORU　NAKANO
って書いてあるんですよ！
とっさに、あれ、おれ、いつ死んだんやろ、って思いましたよ（笑）。
すぐ、そんなはずはない！　と我に返りましたけど。
しかし、あれはびっくりしましたね……」

先生が見たのは、同姓同名の登山家で写真家でもある中野融さんの墓だった。
しかし、アルファベットでは完全一致なわけで、翌日にかなりハードなロッククライミングを控えている身では、相当コワイ体験だったはずである。

「最初はゾッとしましたが、僕は楽観的なのでね、気持ちを切り替えて、これは絶対、僕をまもってくれるはずや、と思って、なにしろ、せっかく来たんだし、登らなもったいないでしょう、それで、お供えに（なぜか）柿の種をおいて帰ってきました（笑）。岩山を登るのは、登る前は怖かったですけどね、登ってしまえば、あれは、アドレナリンがどーっと出て、怖くなくなる」

鉄の心臓だ。

「僻地」への旅。

仲野先生は、「僻地《へきち》」を旅するのが好きだ。

「一度、国際学会でイランに呼ばれて、行ったんです。
ブッシュ大統領が『悪の枢軸』とか言ってる頃で、
どんな大変なところかと思ってました。
で、トイレットペーパーとか、ミネラルウォーターとか、たくさん準備して、
行ってみると、めっちゃ普通の国なんですよ、
みんな親切やし、女の人はみんなきれいやし、
それとね、ペルセポリスとか、遺跡を見に行ったんですが、
なにしろ観光客が少ないから、遺跡！　というムードが、すごいんです。
観光客がいっぱい集まる遺跡って、
つくりものみたいになってしまうことあるでしょう。
そういうことが一切ない。昔のまま、みたいな雰囲気で、良かった。
いろいろ聞いていてもわからない、
自分で実際に行ってみな、その土地のことはわからん、と思いましたね」

「二十五年ほど前、ドイツに留学してたんですが、
その頃はまだ、東西の壁がひらく前でした。
そのとき、チェコスロバキアとか、西側から東側に旅行したことがあったんですが、
もう、すごく怖いんです、粗相したら西へ帰られへんのかな、と思ってね、
そんなことはないんですが、でも、壁がひらいたら、そういう緊張感はなくなるでしょう。
行くなら、そういう、壁がひらく前のような状態のときに行っとかなあかん、と思いました」

マダガスカル、ブータンにも行った。そして、ドバイでは、街中なのに遭難しかけた。

「僕はお腹弱いんです、だからいつも相当気をつけてるんですが、
飛行機の中でちょっと気が緩んだんですね、
たぶん、デザートのカスタードクリームで当たった。
ドバイに着いて、ホテルに入ったんですが、
そのホテルが街から四キロくらい離れていて、
お腹壊してるし、どうしようかな、と思ったんですけど、

二度と来ることないかもしれんから、といって、無理して出かけたんです。
それがよくなかった。
悪いことにラマダンの最中で、水も売ってへんし、
トイレも見つからないし、ホテルは遠いし、
歩いてる途中に朦朧《もうろう》としてきて、ドバイの街で遭難しかけました（笑）」

「でも、そういうのが、おもしろいと思いました。
自分の目で見てみなあかん、わかれへん、と思いました。
ブータンのツアーでは二十人くらいやったんですが、
そのうち六人がキリマンジャロに登ったことがある、とか、そんなんなんです。
僻地フリークってそんなに多くないから、
どこ行っても、同じようなメンツになるんですね。
で、僻地ツアーに行くとそういうフリークと、
自分はここ行った、あそこの僻地がいい、と情報交換する。
そうすると、また行きたい場所が増えます。

僻地フリークは、やっぱり、おもしろいところを知ってるんですよ、
それで、僻地へ行けば行くほど、もっと行きたくなるんです。
死ぬまでに行きたい僻地リストを作ってるんですが、
僻地に行くほど、リストが長くなる（笑）」

家の中にいながらにして世界を知るための「基準」。

「もうね、早く仕事辞めたいんです、
六十五歳が定年なんですが、仕事していると、長いこと休まれへんのです。
いま、パタゴニアに行きたいんですが行こうと思うと、三週間はかかります。
体力も要りますしね、行きたいところに全部行こうと思ったら、
年二回ずつ行っても、十五年かかるんです、

七十五になったら、さすがに、僻地は行かれへんでしょう」

「引退したら、僻地に行けるだけ行ってね、飽きるほど行って、
七十五を越えたら、ぱたっと家から出なくなる、というふうにしたいんです。
家の中で、じっとして、もの書いて、うるさいじいさんとして生きていきたい（笑）。
熊谷守一《くまがいもりかず》という画家がいるんです、
この人は、死ぬ前の何年ものあいだ、まったく外に出ないで、
じーっと一日中アリやら石を見ていて、それで楽しい、という晩年を送ったんです。
そういう生き方がしたい。
遠くのことは、ハイビジョンで見ればわかるでしょう、
自分の体験から、だいたいの基準軸というか、基準点ができているから、
映像を見ても、『ああ、こういう映像だと、こんな感じだろうな』と想像できるんです」

基準軸、基準点。
世界の「僻地」を経巡《へめぐ》って、その体験から、世界の風景の雛形《ひながた》のようなものを頭の中に刻み込

む。その雛形を土台にして、外から入ってくる情報を料理して、居ながらにしていつも世界中を眺め渡しながら生活できる、ということなのだろうか。

すごい。そんなことができるなんて、考えたこともなかった。

しかし、仲野先生はなぜ、こんなに「僻地」に行きたいのだろう。

そして、なぜ、隠遁《いんとん》した後も「世界」を把握していたいのだろう。

なにが仲野先生をそうさせるのか、わからない。

私はちょっとしつこく、そのことを聞いた。


「自分が生きてる世界を知りたい、っていうことでしょうね。

世の中ってどんなもんか知りたい。好奇心でしょうね。

それは、自分というものがどういうものが知りたい、ということでもあると思います。

納得して死んでいきたい。

知識欲が強い、ということなのかもしれないです。

俺知ってるで（ニヤリ）みたいな楽しさがあります。

たとえば、モンゴルって、北海道みたいな風景だとみんな思ってますけど、モンゴルの草原っていうのは、全然違うんです。あまりにも広すぎて、距離感が掴めないんです。それと、生えてる草が、みんな、ハーブなんですね、草原全体が、ほのかに香るんです。映像とかでは、そういうことがぜったいにわからない。みんなどうして僻地に行かないのか、不思議なくらいです（笑）」

仲野先生が何度も言うように、自分で行ってみなければわからないことは、たくさんあるだろう。

でも、わからないことがたくさんたくさんあっても、生活する分には、構わないと思うのだ。わからないことをぜんぶ、生活の枠の外に追いやって、私たちは、暮らしていける気がする。一昔前には、生まれてからずっとパリに住んでいても、セーヌ川を渡ることなく死んでいく庶民は珍しくなかった、という話もある。自分の生活範囲、その小さなエリアだけを「世界」として、人間は十分暮らしていける。

海を見ることなく死んでいく人もいる。「山の向こう」に何があるかわからないまま死んでいく人もいる。それはべつに、「不幸なこと」とは言えないだろう。

むしろ「わからないこと」は、人を、不安にさせる。
わからないことをわかるために研究し、旅をするより、わからないことから目を背《そむ》けてしまうほうが、手っ取り早く、安心できる。あるいは、「わかったフリ」をしたり、「既にわかっていること」の枠組みの中に放り込んでしまうほうが、ずっとラクだ。

なのに、仲野先生は行けるかぎり「僻地に行きたい」と言う。知らないことを知りたいと言う。それはどうしてなんだろう。

「知識欲、なのかもしれませんね、食欲や性欲と同じで、それをするときもちいい！　ということがあるでしょう、知ったなら、それが、きもちいいんです。研究者はみんなそういうところがあるのかもしれませんが、研究してると、とぎすまされてくるのかもしれませんね」

私たちは子ども時代、砂が水を吸うように知識や言葉を吸収する。

たぶん、仲野先生の言うように、「きもちいい」から、そうしたのだろう。それがいつのまにか、「学ぶ」動機が、テストで得点し、人から評価されることにすり替わる。「知らないことを知る」快楽と、「人からほめられる」快楽では、たぶん、後者のほうが強烈なのではないか。

昨今の若者は本を読まなくなった、と言われるが、日々読んでいる「文字」の量は、昔よりも多いだろうと思う。自分に直接関係のないことが書いてある本を読むより、自分にあてて送られるメッセージや自分の知人が書いた記事、すなわちＳＮＳなどの文字情報を読むほうが、おそらくずっと刺激的だし、魅力的だろう。

私が本を読んだり、旅をしたりするとき、頭の片隅にはいつも「これをどうやって文章にしようか」という思いがある。アウトプットを意識したインプットになっている、と言えるかもしれない。写真家は、見る景色を無意識にファインダーで切り取っているという。いずれも、「これをどうやって、自分の仕事で料理しようか」という邪念が常に、頭の中にあるのだ。

仲野先生は、物事を考えるときいつも、頭の中でシミュレーションしている、つまり、思考実験をする、という話をしてくださった。しかしそれは、「仕事」のハナシではない。知への欲求、というようなものだろう。

友だちが自分をどう思っているか知るとか、調子が悪いから病気の兆候をネットで検索するとか、仕事に必要な情報を図書館で調べるとか。これらはすべて「自分に直接関係があること」に手を伸ばす活動だ。

その点「知識欲」は、ちがう。

「知ることへの欲」や、「知った！　といぅきもちよさ」は、「自分」といぅ存在とは、たぶん、直接的な関係はない。

否、仲野先生はこう言った。

「自分が生きてる世界を知りたい、っていうことでしょうね」

「それは、自分というものがどういうものか知りたい、ということでもあると思います」

私たちは、何もわからずに生まれおちて、死んだらどうなるかわからないまま死んでいく。宇宙の果てがどうなっているのか、自分はなぜ生まれたのか、人生とは何なのか、死んだらこの「自分」という感覚は単に消え失せてしまうのか、etc. そんな疑問を誰でも一度は抱くだろう。そして、その疑問には、答えがどうしても出ない。

だが、地球が太陽のまわりを回っていて、そのまわりを月が回っていて、太陽系はこんなふうにできていて、ということを科学者たちは解き明かし、そこで、私たちは自分が「この場所は星であり、私たちは球面に住んでいる」とわかるようになった。「ここはどこなのか？」という問いへの答えが、わずかに、生まれたのだ。

仲野先生の「知識欲」は、べつに「自分」とかけ離れたものではない。

むしろ、「人間とは、自分とは、どういう生き物なのか」という問いに、まっすぐにつながっているのだろう。

人間は「社会的生物」だと言われる。

SNSで「人とつながる」ような喜びは、「社会的生物」としての欲求につながっているだろう。

「自分とはなにか、知りたい」という「知識欲」は、社会性とは、関係がない。同じ人間同士のつながりがどのようであるか、ということを超えて、見えているものを超えて、もっとかなたにあるものと自分がどうつながっているのかを知ろうとする欲求だ。

私が生業《なりわい》としている星占いも、古代の人々が「自分とは何か」という問いへの答えとして作りだしたものであるらしい。星占いという「答え」は、現代科学に照らせば少なくとも今のところはぜんぜん「正解」ではないけれど、その根っこにあるもともとの「欲求」は、同じところにある。

「私とは、どういう人間なのか、教えてください」と、占いの現場で何度か、言われたことがある。

友だちでもなく、家族でもなく、「占い」に答えを求めるのは、なぜなのか。

それは、別の方向にベクトルを向ければ、「僻地」に立って世界を少しでも多く見て知ろうとする、仲野先生の「知識欲」に、どこか遠いところで、わずかにリンクしている気もするのだ。

仲野徹
一九五七年大阪生まれ。大阪大学医学部医学科卒。大阪大学大学院医学系研究科・生命機能研究科教授。医学博士。著書に『エピジェネティクス』(岩波新書)など。

7　この世の「秘密」。

——中川さん＠川端丸太町・ソース

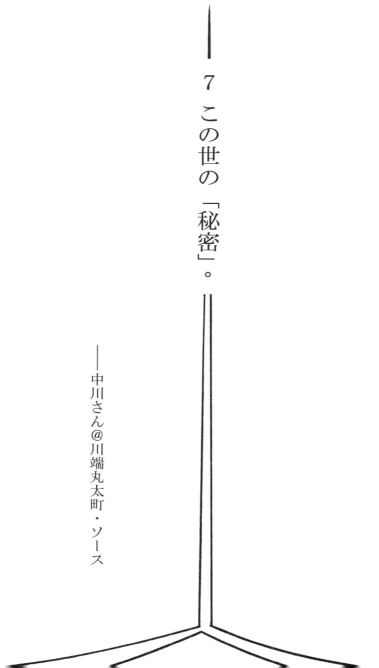

インタビューの開始にあたり、中川さんから手渡された名刺は、二枚あった。

一枚目には「イラストレーターと僧侶　中川学《がく》」、二枚目には「瑞泉寺《ずいせんじ》　住職　中川龍学」と書かれていた。

さらに、ご住職のほうの名刺の下に、興味深い一行が添えられていた。


「豊臣秀次公ご一族の菩提寺《ぼだいじ》」


豊臣秀次とは、太閤秀吉の実の甥で、悲劇の人である。

秀吉の養子になって跡継ぎのポジションに置かれるのだが、淀君が秀吉の子どもを生んだため、秀次はジャマにされたあげく讒訴《ざんそ》され、本人は切腹、一族郎党皆殺しになってしまうのだ。

瑞泉寺がある三条木屋町、高瀬川沿いの場所は、当時、鴨川の中州だった。

高野山で切腹した秀次の首は石で造られた櫃《ひつ》に入れられ、三条大橋から見下ろせる、この中州に築かれた塚に晒された。古くから鴨川の河原は刑場で、上流の三条あたりは貴人の処刑、五条や七条では民間の犯罪者の処刑が行われたらしい。

江戸時代初期、地元の豪商角倉了以《すみのくらりょうい》が高瀬川を開いたとき、ちょうど、塚のあったあたりに工事が及んだ。

もともと、秀次一族に深く同情していた了以は、浄土宗西山派の僧と相談して、この場所に瑞泉寺を建立したのだった。


京都の三条木屋町といえば、世界中から観光客が集まる観光地だ。

誰もが修学旅行などで一度は訪れたことがあるだろう。三条から四条にかけての鴨川沿いには、晴れた休日など、たくさんのカップルが並んで座る。ストリートライブやイベントなどもさかんな、若々しく賑やかなところなのだが、昔は、ここで多くの罪人や、罪なくして罪を問われた人々が命を落としたのだ。

そして、もっと昔には、死骸や死を前にした人々が「捨てられた」場所でもあったという。

死は、一般に忌み嫌われる。

だが京都では、どうも、そうでもないような気もする。

そこら中にお寺があり、小さなお堂がある。

街角には、古い時代を生きて既に死んだ人々の「跡」が、そこここに記されている。
歴史上の人物に対しても「〇〇はんが」と、親しく呼びかける。
日本中から今も、たくさんの人が坂本龍馬や新撰組に会いに来る。
この土地では、死と生が、分断されていないのだ。

きゅうくつ。

中川さんは東京で生まれ、三歳のときに京都に来た。
お父さんが、瑞泉寺を嗣《つ》ぐために帰京したのである。
お母さんは関東出身の方で、家の中では関西弁を使わない。
そのゆえか三歳という幼い頃に京都に来ていながらも、なんとなく違和感があった。

「京都って、なんとなく、堅苦しく感じてましたよね。
どっかで誰かが必ず見てる感じがして。
特にイジメにあった覚えもないんですが、
『ここはオレのいる場所じゃない』みたいに思っていて（笑）。
言葉は、特に大阪だとそうなんですが、
仕事で取材するとき、つい関東弁で話すと、社長さんとかにすごく怒られるんです、
『君はなんや‼』みたいに（笑）。
子どものときも、ケンカになると、僕はなぜか、関東弁になるんですよ。
そうすると、言い合いのタイミングが合わないんです、
だからもう、ケンカにならない。
たとえば、長なわとびに入っていけない、みたいな感じです。
議論ができないんです、だから、弱かった（笑）。
いづらい街やな、と思ってました」
それでも、京都のお寺の息子である。

小学四年生のときに得度《とくど》式を受けて「小坊《こぼん》さん」になり、その後、紅葉で有名な永観堂で、高校二年の春に加行《けぎょう》を受け、佛教大学在学中には「宗学院」という一夏を過ごす勉強会に三年参加し、僧侶の資格を得た。

一見スムーズな道のりだったようだが、中川さんにとって、お寺は窮屈で仕方がなかった。

「お寺は窮屈で、なんとか抜け出したくて、

大学出た後はサラリーマンになって、広告の仕事をしました。

もともと、絵を描くくらいしか能がないので、

漫画家にあこがれて、大学でもマンガ研究会にいたりしたんですが、

物語を考えないといけないのが難しくて、

これは、漫画家はムリだなと思って、まあ、挫折したんです。

その頃は、ちょうど、広告とかの業界がときめいていた時代で、

広告かっこいいな、というのと、絵に関係あるかな？　と思って

デザイナーになりたかったんですね。

幸い、リクルートが入れてくれたので、広告業界で六年、サラリーマンをやりました」

しかし、入社してみると、配属されたのはデザイナーではなく、コピーライターというポジションだった。

「最初は、絵やデザインじゃなく、文章ばっかり書かされてました。
その頃、『B-ing』とか、『とらばーゆ』っていう、就職情報誌の担当だったんですが、
ああいう雑誌って、小さいカットのイラストが、たくさん必要になります。
でも、プロのイラストレーターさんに発注すると、時間がかかるんですよ、
最低でも三日とかとらないといけないんです。
それが、自分で描けば五分くらいで描けちゃうんですね。
それで、自分で描く場面がどんどん増えていって、
最終的に、リクルートの外注のイラストレーターとして、独立したわけです」

それが、十九年前のことだった。

「今はネットがありますから、原稿なんかもデータでやりとりできますが、昔は紙の原稿を、新幹線便で送っていました。就職情報誌って、週刊なんです。毎週、必死で原稿やって、金曜日の夜に新幹線の最終便で〆切ギリギリに原稿を送ると、もう、二十四時過ぎて日が変わってるんです。そんな状態だと、皆たかぶってて眠れないので、そのまんまカラオケ行って朝まで、みたいなことが、毎週続いていたんですね。そんなことをしてたので、さすがに、心身共にすりへったような感じになりました」

「で、くたびれはてていたところに、祖父の具合が悪くなったので『寺に戻ってこないか』と声がかかったんです。その頃、ちょうど長男が生まれたばっかりで、やっぱり、子育ては広いところのほうがいいかな、ということもあって、それで、寺に戻ることにしました。というか、戻らざるをえなかった、という感じですね（笑）。

お坊さんって、盆や正月とか、忙しいときもあるんですが、普段はけっこう、ひまなんです（笑）。

なので、お寺で留守番しながらイラストレーターをしたら、それでやっていけるな、と」

窮屈な場所を抜け出したり、そこで馴染んだり、また抜け出したりしながら、中川さんは「イラストレーターと、僧侶」という、独自のポジションをつくってきたのだ。

個性は、「ゆがみ」。

中川さんは、本の表紙のイラストを多く手がけている。

『ぼくの住まい論』（内田樹著、新潮文庫）の表紙には、内田先生の合気道の道場「凱風館」を描いてほしい、とオーダーされた。

「そのとき、内田先生の人柄みたいなのが出ていたほうがいい、と思いました。
それで、建物の形は写真を見てそのまま描くんですが、
内田先生らしき人が自分で玄関先を掃《は》いていると、
内田先生らしいんじゃないかと考えて提案しました。
絵は、個性を出すものだと思われているけど、それは、ちょっと違うと思います。
僕がやってるのはイラストレーションで、アートとはちょっと違うんです。
本の装幀《そうてい》なんかは特に、
読む人に手に取りやすくなるようにする、という役目があります。
表紙の絵からすっと内容がイメージできないと、手に取りにくくなります。
これは、広告を作るときに皆教えられることなんですけど、
ターゲット・セグメンテーション、といって、
どういう人たちに届けたいか、ということを、常に意識するんですね。
伝えるべきことが伝えるべき人に正確に伝わらなければならない、
というのが大事なので、

そこに、自分の個性って必要なのかと言うと、
本当は、僕の絵じゃなくてもいい、くらいのものなんです。
無理矢理つくった個性って、なにか、見苦しいもの、だと思うんです」

中川さんは、カバンのなかから何冊か本を取り出して、絵を見せてくださった。

歴史ものの本が多く、ご本人も「レトロな絵が好きです」とのことだった。

直線的で、色がハッキリしていて、ゆがみが少ない絵だな、と思った。

なぜか「アノニムな感じがする」とも思った。描き手の「名前」が感じられない。匿名的なのだ。それは、無個性、ということとは、ちょっと違う。

「版画のような、ムラがない、パキッとした絵が好きです、
なかなか、手描きじゃできないんですが、
Ｉｌｌｕｓｔｒａｔｏｒ《イラストレーター》（パソコン用ソフトウェア）だと、それができるんです。
切り絵みたい、ともよく言われます。
展覧会とかやっていたとき、おばちゃんたちが

『これ、切り絵に使ってもいいですか？』って聞いてきたことがあります。
で、『いいですよ』って（笑）」

線と色がクッキリした中川さんの作品を、切り絵の下絵として使おうということらしい。

「リクルートの下請けで、小さいカットを山ほど描いていたんですが、
発注側から、イメージを指定されるんです。
『サザエさんっぽいＯＬ』とか『ゴルゴ13っぽい営業マン』とか（笑）。
それを、完全にサザエさんにしてしまったら、マネになりますから、怒られます。
あくまで『っぽい』にとどめないといけない。
そうすると、サザエさんを構成するものはなにか、と、分析してみるんですね。
あのアタマと、口と鼻と、みたいに、その絵柄を構成する要素を考えて、
組み合わせると見事に『それっぽいもの』ができます。
それで、なにっぽいものでも描けるようになったんですが、
逆に『中川さんの好きに描いてください』って言われると、

描けなくなってしまったんです。
『何でも描けるけど、何にも描けない』状態になったんです。
『自分の絵って、なんだろう』と、悩みました。
そこで、仲間とグループ展をやったり、個展をやったりして、
自分らしさというものをいろいろ考えたんですが、
そのうち、だんだん『個性って、要るのかな？』と思い始めたんです。
そこで、Ｉｌｌｕｓｔｒａｔｏｒ《イラストレーター》というソフトを使い始めました」

「Ｉｌｌｕｓｔｒａｔｏｒ《イラストレーター》というソフトは、没個性的なものしか描けないんです。
このソフトだけに頼って描いていると、本当！　に個性がなくなるんですよ（笑）。
だからこそ、『個性とはなにか』が見えてくるんです。
たとえば、まっすぐな線を引くと、ソフトだから、
完全にまっすぐでゆがみのない線が引けます。
これは、なぜか、つめたい感じがするんですね。まっすぐな線ですから、個性もない。
でも、ソフトでいっぱい点を打って、

それを結んでわざとぎざぎざした線を描いて、引いてみると、今度はあたたかい感じがします。個性的な感じがするんです。

イラストの注文を受けるとき、『手描きっぽい、あったかい感じで』と言われたら、線をわざとずらしたり、太さを変えてムラを出したりします。

つまり、手描きって『ちゃんと描けてない』ってことなんです（笑）。『手描きであったかい』って、なに？　ということが、ソフトを使ってみるとわかるんです。

ゆがんだムラのある線ほど、個性的に見える。

個性というのは、ゆがみなんです。

人間が個性的だというのは、ゆがんでるということなんです。

だから、人として個性的になりたかったら、人間的にゆがめばいいんです（笑）」

なるほど。

たしかに「あの人はまっすぐな人だよね」というのは、あまり個性的な感じがしない。

「僕は、マウスで描くんです、ペンタブレット（ペン状の入力デバイス、鉛筆で描く要領でパソコンの中に描ける道具）は使わないです。マウスで描くと、描きにくいです、むりから、いがむんですよね、いがむのが、味になる、みたいなところがあります。他の人が描けない絵が描けるんです」

中川さんがＩｌｌｕｓｔｒａｔｏｒ《イラストレーター》を使い始めてしばらくして、これは、と思ったものを、雑誌『イラストレーション』の編集長さんに見せに行った。するとこの絵には、君がどこにもいないね！」と言われた。

「そう言われて、じゃあ、オレって何ですか？って、禅問答みたいになりました（笑）」

「今、若いイラストレーターさんたちが集まって、うちのお寺で月一回クロッキー部というのをやっているんです、絵の勉強会みたいなものです。そこでも皆『もっと個性を出さなきゃ』みたいな話をしてるんですが、僕は、『そんなもん、描いてたらそのうち出てくるから』と言うんです。

個性みたいなものを、無理矢理つくればつくるほど、ヘンなものになっていくんですね。むしろ、個性をなくしてって最後に残ってるものが、なんというか、自分らしさ、なのでは、と思うんです」

この感じは、私も、とてもよくわかる。

二十代の頃は「自分らしい文章」を必死になって書こうとしていた。

それが、三十代に入ってから、だんだん、「一番プレーンで、誰が書いたかもわからないような、本当に整理されて読みやすい文章を書きたい」と思うようになった。

しかしこれは、やってみると、ものすごく難しい。

「らしいもの」を書こうとするより、はるかに難しい。

意識すればするほど、文章がごちゃごちゃになっていくのだ。

テンポ良く、論理的に、過不足なく、スッキリと。

自分で「これは、よく書けたな」と思えるものは、面目ないが、実は、ほとんどない。

でも、そうしてごくごくプレーンに、「らしさ」など欠片《かけら》も残さないように！　と思って書いたものを読んだ方から「これはまさに、ゆかり節ですね!」などと言われたりする。自覚的にはわからないけれど、それこそが本当の、私らしさ、ということなのだろう。

中川さんが見せてくださった作品の中に、『絵本 化鳥』(国書刊行会)があった。泉鏡花の小説を絵本として構築したおもしろい本だ。

これを開くと、ごく平面的な、クリアな絵柄なのに、時間と空間の奥行きがひろやかで、くらっと吸い込まれるような怖さを感じる。手すりのないビルの屋上に立って下を見下ろす感じに似ている。「虚空」がそこにある。

浄土の教えは「自分の力で救われることができる」という「自力」を否定する。自分の力で救われる、などというのは、傲慢なのだ。阿弥陀仏という「他力」があるからこそ、救いとってもらうことができる。

「個性を出す」というのは、言わば、浄土の教えの「自力」に重なる。

仏教を、信じますか？

私の生業は、「星占い」である。

星占いをやっていると必ず「信じる・信じない」という言葉が出てくる。

たとえば、編集者の方から「私は占いは信じてないですし、読むこともないんですが、石井さんのは文章としておもしろいので、読んでます。で、原稿をお願いしたいんですが……」みたいな感じで仕事の依頼が来る。

私自身は、星占いを「信じさせよう」と思うこともないし、自分でも「信じている」つもりはない。

だが、「信じてない」のに、占いの記事を書いたりしていいのだろうか。

これが、ずっと抱え続けている、慢性的な迷いなのである。

かたや、宗教もまた「信じる・信じない」という命題が厳然としてある。

お坊さんたちは果たして本気で、仏様を信じているのだろうか。

浄土の教えでは「南無阿弥陀仏《なむあみだぶつ》」と唱える。

阿弥陀様の誓願（マニフェスト）により、私たちはそう唱えるだけで、もっと言えば「唱えようと思う」だけで、浄土に救いとられていけるのだ、という教えである（ごく大雑把に言えば）。

「南無阿弥陀仏と言えば必ず、救われる」ということを、中川さんは「信じて」いるのだろうか。

お坊さんは、教えを広めるのが仕事である。

もしかして「信じていないけど広めている」という、私みたいなのも、いるのだろうか。

私は、

「中川さんは、仏教を、信じているのでしょうか」

と聞いてみた。

我ながらものすごく失礼な質問である。むちゃくちゃである。

「そうですね、信じているというか、

小学生のときに、芥川龍之介《あくたがわりゅうのすけ》の『蜘蛛《くも》の糸』を読んで、

お釈迦様がこう、蜘蛛の糸をさしのべますよね、カンダタに。

それで、カンダタが他の亡者を蹴落としたとき、糸が切れて、

『お釈迦様は悲しそうなお顔をされたのであった』

って
『救えよ!!』

って思いましたね、なんて薄情な……って(笑)。

でも今は、それも含めて、よくわかるような気がします。

そこで助けちゃったら、やっぱり、よくないのかもしれない、とか。

仏教って、人間をすごくつきはなしたところがあるんです。

それは、人間の可能性を信じているから、ということがあるんじゃないかと思うんです。

だから、『悲しいお顔をされた』で終わる(笑)。

常に試されている感じで、試練なんですが」


そういえば、子どもの頃から、私たちはそんなふうに、仏教的な考え方に馴染んできている。

『かさこ地蔵』や『孫悟空』など、いろんな童話や児童書で、仏様という存在に接してきている。

しかし、大人になってからは、日本人の多くは「無宗教」だと自覚している。

お葬式や法事にも出たことがない、という人も、現代では少なくないらしい。
私は中川さんに
「今の日本人の多くは、宗教は信じてない、と言いますよね。でも、ご自身では、信じられる、
というこことでしょうか」
と聞いてみた。

「いや、日本人は十分、宗教的だと思いますけどね、
山に登りますし、川のそばはマイナスイオンがいいね、なんていうのも、
宗教的な感覚なんじゃないでしょうか。
日本人は、たぶん、心の底から宗教を体得しているので、
あえて『〇〇教』とか言わないでいいんだろうと思います、
『あつくるしいじゃん』みたいな感じで（笑）。
むしろ、なになに教、と言ってしまうと、今は、嘘くさいんでしょうね。
クリスマスはキリスト教だし、お正月は神道だし、というのができるのは、
心の底に、ゆるがない宗教心みたいなものがあるから、

そうやって、枝葉を伸ばせるんじゃないかと思います。
それが、西洋の人から『日本は宗教がない』って言われてしまうと、
そうかな、と思ってしまうんじゃないですかねえ。
だって、マンガ読んでても、『NARUTO』とか、すごく宗教っぽいですよ。
『ドラゴンボール』とかも、神様が出てくるし（笑）、十分、宗教的だと思いますよ、
……節操はないけど！（笑）」

「信じるかどうか、ということでは、
キリスト教のほうがたいへんだろうなと思うところもあります。
キリスト教は、キリストが一度死んで復活した、
その『復活』を信じることからはじまるんで、
それは、力ワザだなと思います。
一度死んだものが生き返るというのは、日常感覚からして、ないですよね、
でも、そこからはじめないといけない。
仏教はそんな難しいことは言ってないです、

いわば、昔の科学みたいなところがあります。

それが、だんだん哲学になり、この世の成り立ち、みたいなところになっていく。

それは、信じるというよりも、『そういうもんなんだな』くらいのことなんです。

仏教は学問なんでね」


とはいえ、浄土教は仏教の中でも、ちょっとキリスト教に似たところがある。

たとえば、キリスト教（といっても宗派等があって一概には言えないが）では、人が死ぬことを「神様がお召しになったのだ」と言って、それほど忌み嫌わない。

浄土の教えでも、死は、それほど「忌むべきもの」ではない。

人々の死と、そこにある「救済」というテーマは、キリスト教と浄土の教えで、よく似ている。

実際、浄土教にはキリスト教の影響がある、と言われている。

浄土宗は、中国の唐の時代に大成された。

唐の都はグローバル都市で、世界中から人々が集まり、イスラム教のモスクやキリスト教の教会もあった。そこに集まった様々な宗教者たちが互いに意見交換する中で、教義にも「交わり」が生じたと考えられているのだ。

「仏教の他の宗派より、浄土宗系は信仰、というか、信じる・信じない、がすごくあります。
阿弥陀様がまだ菩薩の位のときに、
『この誓いが叶わないなら私は仏の位にならない』と立てた誓願が四十八項目あるんですが、その中に、
一度でも『南無阿弥陀仏』と唱えた人は必ず私の作る極楽浄土に生まれるようにする、という誓いがあって、で、ちゃんと阿弥陀如来という仏になっているのだから、
私たちは『南無阿弥陀仏』と唱えさえすれば、そのままで極楽に生まれ変わることができて、そこで救われるのだ、という教えです。
でも、ここで、『じゃあ、阿弥陀様ってなに？　信じられるの？』と言ったら、全部こわれちゃうんです」

「だから、『阿弥陀様って、なんだろう？』って、ずうっと考えているわけですよ、僕たちは。

そこで、僕が考えているのは、阿弥陀様というのは、何かのたとえ話で、
すでに僕らは救われている、
それを阿弥陀様という形で表してるんじゃないかな、と思うんです。
『救われるってどういうこと?』という疑問もあります。
一般に、人が『救われたい、救いがない』と言っている、
その『救い』とはちょっと違う意味ですが、
もっと本当の意味では、僕たちはすでに、救われているんです。
この世はすでに完璧なもので、
でも、それが感じられないから、不幸なように思ってしまう。
この世がカンペキだ、ということが見えないのは、
煩悩で汚されているから、それが感じられない、という考え方なんです」

「最初は、お釈迦様に会って話を聞けば、
それで煩悩は全部消えてしまう、ということだったんです。
お釈迦様がいなくなってからは、それでもまだ、教えがあった。

でも、今はお釈迦様からずっと時代が離れてしまって、煩悩から逃れられなくなってしまった、というのが、鎌倉時代、ということなんです。

もう、何をやってもダメな時代になってしまった（笑）。煩悩が消えることがない時代になったんです」

「ならば煩悩があったままでいい、『南無阿弥陀仏』と唱えながら、煩悩とともに生きていけばいいんだ！　というのが、浄土の教えなんです。これは、鎌倉時代には、すごく新しかったと思います。

で、今も、やっぱり、新しいと思います。

煩悩を生きていかないと、仕方がない。

このままでいい、って、僕は好きなんです。

だから、浄土の教えが好きなんだと思います」

「煩悩はよくないので、ああ、今日も駄目だった、と反省しながら生きるんですが、でも実は、救われているんです。

そういうことで、毎日生きている。

そうやって謙虚に生きていったらいい、という教えは、なにか、いいと思うんです。

僕は、気に入ってますけどね」

カップルの後ろから……!

瑞泉寺には、墓地がある。

三条大橋からも見える。

中川さんのように、子どもの頃からお墓のすぐそばに住んでいたら、自然に、怖くなくなるものだろうか。

「信じていますか?」の次が「幽霊コワイですか?」という、子どものような質問をしてみた。

「怖くはないですね、うちのお墓は、ネオンサインの中にいるようなもので、焼き肉屋さんの煙がもくもくしてたり、中華料理屋さんのチャーハン炒める音が聞こえてきたりとか、賑やかなんです、怖くないですね（笑）。

それに、僕は、妖怪とか怪談好きなんです。

うちのお寺は心霊スポットとか言われているみたいですけど、見たことないです（笑）。

『こわい』というのも、これは、煩悩ですから」


そうか……。「コワイ」も、煩悩なのか！

私の臆病は、煩悩だったのだ。

妙に、納得した（汗）。

「江戸時代には、

『おばけが出てきたら般若心経を唱えれば、どんな悪霊もたちどころに消える』

と言われていたんです、般若心経は空《くう》を教えるお経なので、『この世は空だから』ということを、心底から理解していたら、迷いは消える、ということなんでしょうね。
もちろん、そういうのが見える、という人もいます。
同業者（僧侶）にはあまり聞いたことないですが、イラストレーターさんには、けっこう『感じる』って言う人がいますね。
そう言う人にとっては、それが現実なんだろうと思うので、それを幻だよ！　と言うのは乱暴ですが、
僕たちが見ている現実もまた、何かの『たとえ』なんだと思うんです。
ほんとは、『空』なんですよ。
そうだ、楳図《うめず》かずおさんがテレビかなにかで言ってたんですけど、
部屋ですごく怖くなってきたら、
『せんべいをかじるといい』っていうんです、
バリバリ!!　って齧ってると、怖くなくなるって（笑）」

「怖い絵を描いてるときは、怖くないんです。
怖がらそうと思って描いてると、怖くないんですね」

怖がらそうと思うと、怖くないのか。
それは「幽霊は幽霊を怖がらない」みたいなことなのかな、と思った。

「これは、都市伝説みたいなもんですけどね、
ウチで亡くなった、秀次公の側室だった人が、
鴨川で並んでるカップルの後ろから、肩を叩きにいくというんです。
いや、うちのお姫さまはそんなことしないです、
もしいたとしたら、違う人だと思うんですけどね。
うちのお姫さまじゃないです！（笑）」

とはいえ瑞泉寺は、別の意味で「霊的《スピリチュアル》な場所」である。

「歴史ファンの人はたくさん来られます。
だいたい、中高年の男性が多いですが、最近は若い女性の方も増えました。
夕方、花束を抱えて『お参りに来ました』と言うので、
檀家《だんか》さんだと思ってお名前を聞いたら、
秀次公のお墓参りに来た、と言われたこともあります。
中には、
『夢枕に秀次公が立って、瑞泉寺にいけ、と言われたから来ました』
とかいう方も、けっこういらっしゃるんです。
一緒にお経をあげて、お参りしてもらったり、してますね」

不思議な話だ。
何か本を読んだりして、それで夢に見た、という人もいるだろう。
でも、何も知らないのにそういうことが起こることも、ありえない、ことではない。
「霊」かどうかは、別として。

「それは、なにかの関係があるんですね、きっと。
『心霊現象』じゃないです。『心霊現象』は、煩悩なので！（笑）
心霊現象じゃなくて、なにかの因縁があるんですよね、そこには、なにかのご縁、ストーリーが、あるんだろうな、って思います。おもしろいですよね」

なにかのご縁、ストーリー。
私たちは、「因縁」という物語を、言い換えれば「運命」を、生きているのだ。

この世には、ヒミツがあるんです。

テーブルの上には、中川さんの手がけた本の表紙がある。
星空を見上げている、江戸時代の、旅人だろうか。

この夜の風景を描くとき、中川さんの頭の中には、まさに、この風景が広がっていただろう。頭の中にそれがある、というより、そういう風景を生きているような感じだったのではないだろうか。

一方、お経の中にもまた、たくさんの「世界」が描かれる。

遠い遠い時間、遠い場所。

中川さんは、イラストの世界と、仏教の世界と、いろんな世界に棲んでいるような感じで生きているのではないか。

だから、あんな、「吸い込まれそうで、くらっとして怖い」絵が描けるんじゃないだろうか。


「そうですね、この絵を描いてるときは、ここにずっといますよ。

どっちの世界も見ている、という感じになる、それがおもしろいのかもしれません。

この世の秘密みたいなものに触れているんです」


「秘密、ですか」

「なにかこの世には、秘密があるんですよ。
普通に生きてるつもりでも、本当はそうじゃないんです。
映画の『マトリックス』って、すごい仏教的な映画だと思います、
あれは、『空』を表現してるんです、
あの、ばっ！　て引いたら、全然違う世界が見える感じです」

「そうやって、違う観点を持つことが大事だと思います。

そうすると、日常のつまんないこととか、些事《さじ》が気にならなくなるんです。

そういうのは、いいことだと思います」


私は数年前、『禅語』と『親鸞』という本を上梓した。

自分なりに勉強はしたけれど、もともと、専門ではない。大それたことをしたものだと、今でもびくびくものだ。

そのとき、仏教にまつわるいろんな本を読んで、煌《きら》びやかな描写に心を奪われた。

仏教はインド発祥である。

そのためか、「美しく清らかな世界」というものを描写するとき、その比喩に、ガーネットや翡翠《ひすい》など、美しい宝石が出てくるのだ。

中川さんの話を聞きながら、仏の教えやその世界は、こんなに煌びやかで美しいのだ！　という、そのヴィジョンを思い出した。

「それは、華厳経《けごんきょう》ですかねえ。

蜘蛛の巣に、こう、いっぱい水滴がついていて、

そのひとつひとつの中に、それぞれ、世界があって、反射しあってるんです。

で、同時並行的に、全部の世界の時間が進んでいくんです。

後ろにも前にも、左右にも無数の世界があって、

そのすべての世界で、あらゆる可能性が広がっている。

僕たちは、その可能性の中のたったひとつを生きているわけです。

次の瞬間には死んでいる自分がいて、

でも、その自分の代わりに、こっちの、生きていく自分を生きている、と思うと、

もっと前向きに生きていかなきゃな、と思えるんです。

死んでる自分の代わりにこっちがいるから、がんばろうかな、と思ったり（笑）。これは、あんまりヘンだから、人には言わないいんですけど、初めて言った（笑）」


人生はしばしば、道にたとえられる。

私たちはしばしば、分かれ道や三叉路《さんさろ》に行き当たる。

どれかを選べば、他は選べない。

道を進んでいって、嫌なことや辛いことが起こったとき、「あのとき、別の道を選んでいれば、こんなことにはならなかった！」と考える。悔やむ。

でも、「そっちを選んだ自分も、いた」と考えてみると、景色がすこし変わる。

自分はたまたま「こっちの道の担当」になっただけなのだ。向こうの道を選んだ自分もいて、そっちはそっちで、なんとかやっているのだ。

そうイメージしてみると、なんだかすこし、ラクな気分になる。

選択に「正解」と「間違い」があったのではない。両方、選択した自分がいて、その先の分岐点でもまた、両方に行った自分がいる。どんどん分岐しても、「選ばれなかった選択肢」は、ないのだ。すべての選択肢が、ちゃんと選びとられているのだ。

この世の「秘密」。


このイメージには、不思議な力がある。

受け入れがたい現実を、すうっと受け止めさせてくれる力がある。


すべてを選んだ自分がそれぞれにいるなら、「選択」にはもはや、何の意味もない。自分で何かを選び取って、何かを切り捨てたわけではないのだ。切り捨てたように思った選択肢を選んだ、別の世界がどこかに、ちゃんとあるのだ。生きられなかった空っぽの世界はないのだ。すべてぬりつぶされているのだ。

このイメージによって、自力で選んだという過去が無効になる。

そして、目の前の現実が、いかにも神秘的で不思議なもののように、むきだしのかたちで自分の中に飛び込んでくる。

道を選ぶということを、そんなふうに捉えることができるなんて、知らなかった。

中川学
イラストレーター兼、浄土宗西山禅林寺派・瑞泉寺の僧侶。
瑞泉寺　京都府京都市中京区木屋町通三条下る石屋町一一四の一

番外編　世界平和のために。

――阿藤さん@新宿・アフタヌーンティー・ティールーム

以下は、「闇鍋インタビュー」連載の「番外編」として掲載された稿である。「闇鍋インタビュー」はインタビュイーについての情報が一切ないまま、インタビューを始めるスタイルのものだが、この回はあえて、知人である劇作家の阿藤智恵《あとうちえ》さんとの対話を記事にした。

このインタビューシリーズを通して、私は「人に会うということ、語り合うということがどういうことなのか、わからない」と執拗に考え続けていたのだが、それを独り言に終わらせず、ダイレクトに誰かに問うてみたかったのである。

お芝居は、基本的に「人と会う」ことを前提としている。一人芝居というものもあるだろうが、観客は生身の人間を見る。「会う」ことが大前提の演劇の世界にいる阿藤さんなら、きっと、私の「人に会うとはどういうことなのか、わからない」という、ほとんどゴネているだけのような疑問に、なにかしら答えをくれるのではないか、と考えたのだ。

阿藤さんには過去にも一度インタビューを試みている。その内容は、私のブログ「石井NP日記」内の「ｒｏａｄｍｏｖｉｅ」を参照されたい。

まるごと。


約束した新宿の喫茶店に着くと、阿藤さんは先に着いて、ごはんを食べていた。

三十分時間を間違えて、先に着いてしまっていた、というのだ。

彼女が食べ終わってからインタビューを始めようと思い、ちょっと雑談し始めたのだが、気がつけば、本題に入ってしまっていた。

「『会う』って、どういうことなんでしょうね。私、『会う』って、なんだかよくわからないんです、人が一人でいるのと、他の誰かといるということの違いというか。たとえば、カルチャーセンターさんとかでお話しするときも、皆さんがどうして、お金を払って来てくださるのか、正直、よくわかってないんです。まったく失礼な話なんですが……」

もちろん、いつも「聞き手はこういうことを知りたいんじゃないか」と想像し、必死に準備をしてからお話しししている。

だけど、本当にそれでいいのか、いつも、こころもとない。

何が求められているのだろう。どうして、私なんぞに会いに来てくださるんだろう。

私がそういうことを言うと、阿藤さんは驚いたような声を上げた。

「えー、だって、ファンだったら、会いたいって思うでしょう！」

「いや、それが、どうも、私は、わからないんです。私は話すの上手くないし、本だったら、しゃべりよりは内容が整理されてるし、そっちのほうがずっといいんじゃないかと思ったり……」

「ええ！　だって、好きな作家がいま同じニュースを見てる！　っていうだけで、すごくうれしくて、支えになりますよ私は。ちょっとまえにヴォネガットが死んだときなんか、もうニュースを見ても、それをヴォネガットは見てないんだ！　と思うと、ショックで仕方がないですよ。ついこないだ赤瀬川原平さんが亡くなったときも辛かった、同じ時間を生きていて、同じニュースに接して、ということは、私にはすごく大事です。いまはもう、アン・タイラーとジョン・アーヴィングが生きてて、私と同じニュースを見てる！　って思うのだけが支えかも！（笑）」

阿藤さんの「同時」の時空ってどれだけ広いんだ……。

私は呆然とした。

「一緒にいる時間って、そこだけ、始めと終わりがぴったりと一致するでしょう。他の時間は伸び縮みするけど、誰かと一緒にいる時間は、始まりと終わりが、相手のその時間の始まりと終わりと、そこだけ、ぴったり一致するんです。ある長さの、一つの時間の管を、そこだけ、一緒に通って行くような感じです」

なるほど。

時間の最初と最後がぴたっと合う、という発想はなかった。

たしかに、「会っている時間」は、お互いの時間のスケールが一致するような、不思議な状態になる。

　しかし私は、今日は食い下がろうと思った。

「阿藤さん、私は、今日は、ひねくれた十四歳みたいな感じで、ぐずぐずゴネますよ」

　阿藤さんは笑った。

「いいですよ！　おもしろい！（笑）」

　そこで、私は言ってみた。

「私なら、たとえば本だったら、作家自身に会うより、その本を読んでいるほうが、なんというか、作家にちゃんと会ってるような気がします。作家本人には会いたくないような気もしたり」

「えー、でも、本よりも、生きている人間のヴォネガットのほうが、まるごとのヴォネガット、っていう感じがするでしょう」

「まるごと、がいいんですか」

「まるごと、がいいと思う」

　まるごと。

　でも、まるごとだと、たとえば豚の丸焼きや焼き魚のように、食べられない部分もたくさんあるような気がする。食べられない部分は、削《そ》いだほうが、親切じゃないだろうか。

「たしかに、私も舞台を作るときは、すごく考えて、削ぎ落として、カンペキなものができるように努力します、それは、最善を尽くしてやるし、とても大事なことです。それがなければ絶対にいけない。でも、私は、基本的に、人をすごく信頼してるんだと思います。人の理解力を信じている。理解する脳を信じている、というか。たとえば、芝居を見て、言葉では『なんだかわかんなかった』って言う人でも、脳は解ってると思う。脳とか、身体とかでは、『いま、自分はすごいものを見たんだ』って、受けとってると思うんです」

はかりしれないこと。

「最近、私はいろんな小さな会をやってるんです、戯曲を声に出して読む会とか、その場でお話をつくるライブとか。私自身のためにそれはやっているので、ミュージシャンの方の出演とか、ギャラが発生するとき以外は入場料はいただかずに、人に集まっていただいて、色々やってるんです。で、その中に、毎回必ず来てくれる人がいるんです。ちゃんと仕事もあって、忙しいのに、必ず毎回来てくださる。私は、これはお礼をしなくちゃ、と思って、最初のうちは、ごはん作ったり、色々してたんです。でも、あるとき、『あの人が毎回来てくれるのには、私にははかりしれない大切なことがあるからなんだろう、何か私にはわからない楽しいことがあるから来てくれているので、だったら、来てくれてありがとうございます、だけでいいんだ』と思いました。それからは、なにか会をしたときにも、来てくださる人に対して『何を受けとってくれているんだろう?』とは、考えないことにしようと思ったんです。自分は自分のためにやっていて、来てくれている人は、来てくれているんだから、きっと面白いんだろう、って」

　私にははかりしれないこと。

「はかる」は、おもんばかる、想像する、ということだ。

想像して「このくらいなんだろうな」と理解する、そのことが、できない。

たしかに、そうだと思った。

たとえば一枚の絵を見て、一曲の音楽を聴いて、ある人の心の中に何が起こっているか、など、他人には絶対、「おもんばかる」ことは不可能だ。

それが、たとえ画家や演奏家であっても、それを受けとった相手の中に何が起こるかなんて、絶対に「はかりしる」ことはできないのだ。

それを「おしはかろう」というのは、むしろ、傲慢なことなのだろう。


たとえば、誰かと会うときにも、そのことは当てはまる。

私が誰かと会って、そこで相手が何を受けとり、あるいは奪われているのか、私には、はかりしることができない。

　目の前にいる阿藤さんにも、私が彼女との時間でいま、何を受けとっているのか、それを知ることは不可能だし、私も、すべて言葉にして説明したりできない。

「お金のことも、それで、考え方を変えようと思いました。最近は人の時間を、時給で語ってしまうことが多いように思います。自分の価値まで、時給で換算したりする。事故の裁判なんかで、この人が生涯で稼ぐはずだったお金はいくらで、精神的被害を換算するといくらで、というようなことは、本当に、どうしようもなく便宜的にすることはあります、でもその理屈を、他の、普通の生活や労働の中にまで持ってくるのは、それは全然間違ってると思います。私たちが生きているということは、つまり、自分の時間ということで、その時間をお金だけで換算しようとするのは、命をお金で考えていることになる。でも、命をお金で考える世の中って、絶対におかしいと思う。だから、あるお芝居のチケットがいくらになるか、ということが、そういうふうに決まるなんてことはないんです。絶対的に決まるものではない。お金って、何か別の次元での、流れみたいなもので、流れてくるのなら、それを受けとろう、というふうに思うようになりました」

滅亡しないために。

阿藤さんは、自分は本気で、世界平和のために仕事をしている、と言う。

「こういうことを言うと絶対オカシイと思われるんだけど、でも、本気でそう思ってるんです。子どもの頃から世界の平和のために仕事がしたいと思っていた。この世の中に足りないものを生み出したい、という気持ちで仕事をしています。あのね、私は、狂信的な犯罪者みたいなことを考えてるんです、相手の脳内に手を突っ込んで、パッ！　と、なにか変えようとしてる（笑）」

阿藤さんはそう言って、妖怪みたいな手つきをした。

「世界平和って言うと、みんな誤解するんだけど、みんなで仲良くして、にこにこして、手を繋いで、なんて、そんなもんじゃないんです。みんな仲良く、なんて、そんなの絶対平和じゃない、もしみんな仲良くにこにこしていたら、絶対その陰で誰かが泣いてます。平和っていうのは、問題がボコボコ出てきてる状態で、みんなでぶつかり合ってる状態だと思う。ぶつかり合っても、相手が生きていることは絶対否定しない、それが、平和です。死んでしまえ、ということがない。立場がちがっても、意見がちがっても、けっして相手を殺さないんです。ぶつかり合って、言いたいことを全部言って、解決しないんだけど、けっして殺さない。だから、平和な世の中は、みんなものすごく口論してるんです。何も問題が起きない状態が平和なんじゃない、関わりたくない人や見たくないものが、みーんな表に出てきます。解決できない問題が、見えるところに山積みになっていて、みんなが、その問題に対して、何もしてあげられない、っていう悩みを抱えながら生きている、って、それが平和な状態だと思うんです」

「いまは、多くの人が、他人をわかってあげられない、ということに耐えられない。だから、平和じゃないんだと思う。一〇〇回質問して、一〇〇回わからないって言われて、それでも大丈夫なのが、平和。あらゆる人とそれをやらなきゃいけないんです、家の中でも、外でも、職場でも、まわりの人とも。だから、平和な世の中は、みんなちょっと不満げで、不機嫌だと思う。誰も合わせてくれないし。『合わせてくれているわけではない』から、もし、意見が合う人と出会えたら、すごく感動するでしょうね。もう、すぐ、一緒に暮らしましょう！ってなるくらいに（笑）」

阿藤さんは、勢いよく、そう語った。

二〇一二年、世界が滅亡するという予言を多くの人が信じた。もっと昔には、ノストラダムスの大予言を信じた人もたくさんいた。

この世が滅びる、という予言は、人の心を捉えて放さない。

それは、私たちが日常的に抱えている苦しみを、一瞬で「チャラ」にしてくれる力を持っているからかもしれない。

そう言ってみると、阿藤さんは、そうそう、「希望は、戦争」という一文がちょっと前に、すごく話題になりましたよね、と言った。

苦しい社会生活に希望が持てない若者たちが、社会を「流動化させる」戦争を待ち望んでいる、というのだ。

私は、少女の頃に読んで、今も大事に持っている『死体の文化史』（下川耿史著、青弓社）という本の話をした。いわば、戦争体験のルポルタージュのような本だった。

その本の中では、戦争から帰ってきた兵士が、密かに「もう一度戦争に行きたい」と語るのだ。誰にも言えずにいた、戦争で感じた陶酔や充実が、生々しく語られていた。何か他の不満や不都合の代替物としてではなく、戦争を求める人の心情が語られていた。

それは、ここに詳しく書くのが危険に思われるほど鮮烈な内容で、十代だった私は強い衝撃を受け、あの本が自分の価値観の原点となっているような気もしている。

あそこに書かれていることが果たして事実なのかどうか、私にはわからない。

ただ、物事は何でも、一面だけではない。

もう一つの面が、どこかにある。

阿藤さんが「みんな仲良し、の陰ではかならず、誰かが泣いている」と言ったように。

「『アルマジロ』という映画があるんですが、それは、アフガニスタンに派兵されるデンマーク人の若者の話なんです。『何で戦争に行くの？』と聞かれると、彼らは『たくさんのことを学べる。大きなチャレンジだし、冒険でもある』って、ある種、スポーツみたいな感じで捉えてるんですね。で、戦争に行って、帰ってくれば英雄になれる。彼らはそもそも、社会にあまりなじめない、どちらかといえばドロップアウトしてる感じの人たちなんです。普通の社会にいても、生きているという感じがしない、それが、戦場に行くと、生きている感じがするわけです。武器もいっぱいあるし、だだだだっとマシンガンで人を蜂の巣にしてしまう。そういうことは、たしかにあるかもしれません」

阿藤さんの話は、私の思い浮かべていたこととは少しずれていた。

けれども、私はそれを、上手く言葉にできなかった。

私が疑問に思い続けているのは、果たして「代替」はあるだろうか、ということだ。

一つの欲望を、他の欲望に変換することはできるのだろうか？　ゴマカシはできる。たとえば、ごく卑近な例で言えば、性欲を食欲で埋めるみたいなことはあり得るだろう。睡眠不足の人も過食気味になるらしい。

しかし、攻撃欲求や支配欲求のようなものがもしあるとして、それを、本質的に他のものとすり替えることは、可能なのだろうか。

「生きているということは、絶対に肯定されなければならないんです。このままだと、人類は滅亡するって、私は本気で思ってるんです。それをできるだけ、遅らせたいと思っているんです。世界平和は、ものすごく困難なことだと思う。でも、人間が人一人、すべて生きている、ということは、絶対に認められないといけない。私たちは人間の視点からしかものを見ることができないから、人間が滅亡しないようにする、ということを目標にするしかないんです」

阿藤さんが言っているのは、理性によってそうすべきだ、ということだ。

権利や、目標や、理想なのだ。

それは、人間の可能性のことであって「人間がもともとどういう存在か」ということとは、別のことのようにも思える。

しかし、ここで厄介なのは、人間が変化し続ける生き物だ、という点だ。

二人の罪人。

私の好きな「モンテ・クリスト伯」という作品の中に、一つの寓話のようなシーンがある。

二人の死刑囚が、断頭台に連れて行かれる。

二人はすでに観念していて、おとなしく刑吏に引かれて歩いていく。

そのとき、突然役人が現れて、片方だけが恩赦《おんしゃ》を得、死刑を免《まぬが》れることになった。

すると、恩赦を得られなかったもう一方の死刑囚は、猛然と暴れ出した。

「なんで俺だけが死ななければならないんだ！　一人で死ぬのは嫌だ！」

モンテ・クリスト伯はこれを見て、なんとあさましいことか、と歎息《たんそく》する。

仲間が助かったことを喜ぶどころか、他人の死をあくまで望んでいるのだ、と。

私は、これを読んで、もし、自分が二人の死刑囚のうちの一人だったら、と想像した。

私が恩赦を得られず死にゆくほうだったとしたら、もう片方が死なずにすんだことを喜んでやりたい、と考えた。

この話を阿藤さんにしたら、阿藤さんは俄然、暴れた死刑囚の味方をした。

一方だけが助かるなんて、それを知らされるなんて、残酷すぎる、と言うのだ。「なんで俺だけが死ななければならないんだ！」というのは、本当にそのとおりで、全然間違っていない、そう叫ぶのが人として正しいのだ、と阿藤さんは言った。

「自分だけ死ぬのはイヤだ、って思うのが正しいです、生きていることは、絶対に認められなければならないんです。自分はどうなってもいいんだ、なんていう人には、何もできないんです。それでは、世界平和にはならない。私は、生きている身体のあいだは、抗う自分でいたいんです。生きていくほうに向かって、生きることをさえぎるものに抗っていたい。それが人権というものだから」

ゴネる子どもでいようと意を決した私は、それでも抵抗した。

「でも、もし、恩赦になった相手が恋人だったら、生きててくれて良かった、って思うでしょう、私の分まで生きてね、って。だったら、他人であっても、そう思うのが善じゃないでしょうか」

「それは、思うでしょうね。でも、そんなふうに思えるような人が、そもそも死刑になるようなことをするかなあ……いや、私はその前に、死刑廃止論者なので！（笑）」

なるほど。

などと、夢中になって話を聞き、そしてゴネているあいだに、あっというまに三時間が経過していた。

おわりに

実は、インタビューをして記事を書く、という活動は、以前からちょっとずつやっていた。自分のブログでも「ｒｏａｄｍｏｖｉｅ」というインタビューシリーズを企画したことがあるし、新潟の古町《ふるまち》商店街で話を聞き回ったこともある。また、Ｗｅｂ版の「フィガロ」でも、「表参道散歩」というタイトルで、現在の表参道ヒルズ、古い同潤会《どうじゅんかい》アパートのお話を（これは自分としては力作なのでぜひ多くの方に読んでいただきたいのだが）書いたことがある。

ただ、私のインタビュー記事は、一般的な取材記事とは違う。一般の取材記事は、あるテーマのもとに取材し、何かを伝えたいという意図を持って構成されるものだ。私のはそうではなく、「話を聞いた経験を元にした、私小説」のようなかたちになっている。本書でも、その気配は残った。ゆえに、自分勝手だったり、舌足らずだったり、ハナシがあちこちに行ったりする。読者にはさぞ読みづらかろうと思う。申し訳ない。

「みんなのミシマガジン」は無料で誰もが閲覧できることもあり、「闇鍋インタビュー」はとてもたくさんの方に読んでいただくことができた。おもしろいです、という声も、たくさん寄せられた。ありがたい。

多分、インタビュイーからお話を聞いて、その直後に記事をまとめていた私の興奮が、読者にも感染していたにちがいない。

実は、本書にまとめるにあたり、インタビュイーの発言部分以外は、かなり改稿を加えた。現在も、元の原稿は公開されたままになっているので、ご興味の向きはその「変貌ぶり」を、お楽しみいただければと思う。


インタビューを受けてくださった皆様には、本当に感謝している。

この企画を通して、なんというか、私自身の「世間が広くなった」という感じがする。私の、猫の額ほどに狭い視野に、たくさんの風穴を開けていただいて、新しい光が何条も入った。お話を伺うといつも、相手の方のファンのような気持ちになった。

この機会を与えてくださったミシマ社の三島さんにも、深く感謝している。

また、人選から日時と場所の調整にはじまり、最初から最後まで現場につきあい、酒をくみかわし、原稿を最初に見ては感想をくれ、いつも元気づけてくれた新居女史、泰然として聡明な彼女がいなければ、この企画も本書も、成立していない。改めてお礼を申し上げたい。

二〇一六年四月

石井ゆかり

装幀　大原大次郎
組版　(有)エヴリ・シンク
校正　谷田和夫
営業担当　鳥居貴彦
編集　三島邦弘、新居未希

本書は、「みんなのミシマガジン」（http://www.mishimaga.com）
に連載した「石井ゆかりの闇鍋インタビュー」（全13回）より下記を
抜粋し、大幅に加筆・修正を加えたものです。

第1回	畑さん	2014年3月10日
第2回	篠原さん	2014年4月8日
第5回	平村さん	2014年7月15日
第6回	赤井さん	2014年8月18日
第7回	吉田さん	2014年10月20日
第9回	脱線編 阿藤さん	2014年12月15日
第10回	仲野先生	2015年1月14日
第12回	中川さん	2015年2月23日

石井ゆかり（いしい・ゆかり）

ライター。
著書『12星座シリーズ』（WAVE出版）が120万部のベストセラーとなる。他に、『愛する人に。』『「美人」の条件』（以上、幻冬舎）、『後ろ歩きにすすむ旅』（イースト・プレス）、『子どもの自分に会う魔法 大人になってから読む児童文学』（白泉社）など多数。

選んだ理由。

2016年7月21日　初版第1刷発行

著者　　石井ゆかり

発行者　三島邦弘
発行所　(株)ミシマ社
郵便番号152-0035
住所　東京都目黒区自由が丘2-6-13
TEL　03(3724)5616
FAX　03(3724)5618
e-mail　hatena@mishimasha.com
URL　http://www.mishimasha.com/
振替　00160-1-372976
制作　(株)ミシマ社 京都オフィス

印刷・製本　株式会社シナノ

ISBN：978-4-903908-77-9